金牌小说

2是棉花糖一样的粉红色。
a是褪色的向日葵般的黄色。
粉笔在黑板上划出的尖锐的刮磨声，
会在空中制造出红色的锯齿线条……

Awarded Novels
长青藤国际大奖小说书系

A Mango-Shaped Space

芒果猫

〔美〕温迪·马斯 著　林劭贞 译

晨光出版社

前言
Preface

不一样的"魔法天赋"

字母"a"是褐色的向日葵那样的黄色,数字"2"是棉花糖的粉红色;粉笔在黑板上发出的尖锐的刮磨声,会在空中制造出红色的锯齿线条;小提琴的音色是像谷仓一样的红色,长笛的则是带点儿银又带点儿蓝的白色;英文的"朋友(friend)"是带着一抹亮红色的土耳其蓝,而西班牙文的"朋友(amigo)"却是带有棕色斑点的熟香蕉一样的颜色;弟弟扎克的名字是知更鸟蛋的淡蓝色,同学罗杰的号哭就像游泳池一样湛蓝……

这就是《芒果猫》的主人公米雅所看到和听到的世界。如此色彩缤纷,如此不可思议,你会不会以为她其实拥有魔法,会怀疑这本书是一本魔幻小说?然而,米雅却是真实的——也许现实中她(他)的名字不叫米雅,但世界上千真万确存在着这样一群与我们很不一样的人,他们被称为"共感觉者"。他们有两种以上的感官感受(视觉、听觉、味觉、触觉等)会伴随出现,例如看到每个字母都象征着不同的色彩,听到声音的同时,能够看到颜色和形状,有些人甚至还能尝到味道。

这就是现实,世界往往多彩得超出我们的想象。

同样一件事情,每个人都可能有不同的看法,因为每个人看待世界的角度并不一样。但米雅们让我们更加直观地认识到,原来人与人之间真的会有如此大的差异。每个人都是独一无二的,可是,我们真的能坦然面对自己与他人很不一样吗?我们又真的能包容别人与我们很不一样吗？在发现自己不被周围的人理解时，我们会不会像米雅一样恐慌无助，继而把自己的不一样深深隐藏起来，当成一个秘密？又或者，我们会不会把他人跟我们的不一样当成一种病，像米雅三年级时的同学一样，嘲笑他们，排斥他们？

  书中米雅的情况被人说成是一种疾病的时候，米雅的弟弟扎克坚定地说："我姐姐没有病，她有的只是一种天赋！"哦，这是多么令人羡慕的一种魔法般的天赋。想必看完整个故事，你也会想拥有这种"天赋"了。接纳自己与接纳他人，同样需要包容。在慢慢长大的过程中，我们需要了解这个世界有多么不一样，别人可以与我们有多么大的差异，继而接受这种不一样——接受自己与他人的不一样，包容他人与自己的不一样，让个性更加自由地生长，让自己看见更开阔的世界。

  成长没有既定的轨道，每个人都可以有自己的方向和道路。别害怕自己与大部分人不同，因为没准儿那就是个性，就是你的魔法天赋！很多时候，没有绝对的真与假，对与错，每个人都有不一样的人生风景。

  每个人都有自己的魔法天赋，你的魔法在哪里呢？

A Mango-Shaped Space

A Mango-Shaped Space
芒果猫

目录
Contents

序幕　看得见颜色的怪物　1
1　亮绿色的名字　6
2　橘黄色的呼噜　23
3　鲜蓝色的号哭　40
4　云雾状的彩色空气　58
5　安静的白色空间　83
6　时间的摩天轮　101
7　灰蓝色的云状笑声　112
8　向日葵般黄色的A　129
9　水蓝色的鼓声　152
10　空中飘浮的色块　168
11　脑海中的烟火　192
12　色彩轰炸　207
13　诗里的彩色花园　220
14　空虚的黑色　236
15　芥末色的喵　252

A Mango-Shaped Space

序幕
看得见颜色的怪物

怪物。怪——物。

我永远也忘不了第一次听到这个字眼时的情景。就在那天,在黑板前。那是五年前,当时我八岁。(如果你是像我一样数学不太好的人,请让我解释一下,前面那句话的意思是:我现在十三岁了。)那天放学之后,学校要举行一场圣诞节话剧演出,我扮演一个牧羊女孩。那一刻我站在黑板前,身上还穿着牧羊女孩的戏服,试着完成黑板上的数学题。讲台下我的三年级同班同学们全都注视着我。这件所有人统一尺寸的戏服,其实并不适合我这个全班最矮小的"牧羊人",所以我老得把袖子往上拉。粉笔灰使我的鼻子发痒,我那穿着凉鞋的双脚都快冻坏了——依我的拙见,没有人应该在伊利诺伊州①的十二月中旬还穿着凉鞋。老师让我算出二十四乘以九等于多少。我记得自己当时在心里琢磨着,只要我把字写得够慢,那么下课铃就很有可能在我写完之前响起。只要五分钟就好。这样一来,就不会有人发现我其实算不出来了。

我用手指搓揉着那根圆滑的粉笔,试着不去想全班同学都在盯着我的背影这件事。我环顾了一下四周,希望这个动作看起来像是很专注的样子。这时我注意到黑板沟里有一些短短的彩色粉笔头。为了多拖延一点时间,我放下手中的白色粉笔,开始用彩色粉笔重写黑板上的每个数字,让它们以正确的颜色呈现出来。

"米雅!"

我的老师洛夫人吓了我一跳。我反射性地转过身去,粉笔在黑板上划过,发出尖锐的刮磨声。一个深红色的锯齿状图案,快速地飞过我的视线范围。听到这个噪音,同学们纷纷发出抱怨的低吟。"这不是美术课,"洛夫人一边说,一边朝我晃动着瘦长的手指,仿佛以为我连这个也不知道似的,"用白色粉笔就好了。"

① 伊利诺伊州:美国中北部偏东的一个州。

"可是，用正确的颜色不是更好吗？"我问道，信心满满地认为其他同学也会赞同。

同学们咯咯地笑了起来，我也傻傻地跟着笑，以为他们是在笑老师，而不是我。

"你说正确的颜色，是什么意思？"老师问道，听起来好像真的很困惑，还很恼怒。现在轮到我困惑了。我的意思难道还不够明显吗？我望着我的同学们，希望他们能帮帮忙，可是现在他们的表情也改变了。他们看我的样子，仿佛我瞬间长出了另一个头。我的手开始微微颤抖。我赶忙解释：

"颜色啊！数字的颜色，你们知道的，比如 2 是粉红色的，当然不是这种粉红色，而更像是棉花糖的粉红色。还有，4 是婴儿被毯的蓝色，我……我只是以为如果用正确的颜色写每个数字，会比较容易把问题解答出来。不对吗？"我恳求地看着我的同学们，希望他们能挺我一把，他们是我的朋友，朋友都会这么做的。

可我的同学们却哄堂大笑起来，感觉并不怎么友善。我的双颊开始发烫。接着，我就听到那个字眼了。那是从教室后排发出的一声清楚的低语："怪物。"而且是拉长了音的"怪——物"。

"你在说什么，米雅？"老师明显很生气，她大声说道，

"数字是没有颜色的,它们只有形状,以及一个数值,如此而已。"

"但它们确实都有啊!"我低声说,感觉自己的声音像是从很远的地方传来的。

洛夫人把双手背到身后,吼道:"我受够了。这是我最后一次告诉你,数字是没有颜色的!你现在到底要不要完成这道数学题?"

我盯着她,摇了摇头。我突然觉得自己非常渺小,仿佛皮肤都正在紧缩,身体正在缩小。我的脑袋里充满了呼呼的声音。这怎么可能?每个人都在捉弄我吗?数字当然是有颜色的。难道他们还要告诉我说,连英文字母和声音都是没有颜色的吗?难道他们会说英文字母 a 不是褪色的向日葵那种黄色?或者粉笔在黑板上划出的尖锐的刮磨声,不会在空中制造出红色的锯齿线条?我把粉笔头放回黑板沟里,第一次发现我的手会在我紧张的时候发抖。我站在那里,双臂摆在身体两侧,袖子垂到了膝盖。难道我是唯一一个活在彩色世界里的人?我等着看他们是否要告诉我地球其实是平的。

一架折得很差劲的纸飞机划过我的鼻头。

洛夫人把我送到都博纳校长的办公室,我在那里又解释了一次为什么要使用彩色粉笔。等到一个小时之后我爸妈赶来时，我已经筋疲力尽了。我坐在那里，听校长跟他们谈论我那不寻常的行为。我很想告诉校长，他的名字的颜色是刚刚收割完堆放起来的干稻草。但我很快就打消了这个念头。即使当时只有八岁，我也已经足够聪明地意识到事情不太对劲，在搞清楚究竟哪里不对劲之前，我最好别再给自己惹更多的麻烦。

于是我假装刚才所说的那些都是自己胡乱编的。我坐在那里，嘴里说着："那真的很傻，我只是闹着玩的。"而且，我至少说了二十次对不起。

校长把我交给我爸妈，让他们带我回家。我努力地把那双愚蠢的凉鞋踢掉，穿上我的球鞋，疯跑过我家屋后的那片旷野。寒冷阻挡不了我，我只忙着思考这一切的不公平。

圣诞节的话剧将会少掉一个牧羊女孩。

洛夫人要我清理一个星期的黑板擦，还要我在全班同学面前道歉，因为我的无理取闹浪费了他们的时间——这些都是她说的话，不是我说的。

很快，每个人都忘记了那天发生的事情，除了我以外。自那以后，我学会了紧紧地守护我的秘密。但是，现在我已经十三岁了。一切即将改变。

而我无力阻止。

1 亮绿色的名字

"A是艾咪摔下楼梯。"当我们沿着岸边光滑的斜坡往下,爬到这条干涸的沟渠底部时,我的好朋友珍娜·戴维斯这么唱着。打从五岁时她被妈妈带到我家来玩,我和她就形影不离了。我们俩好事坏事都黏在一起干,比如一起拧弯我的芭比娃娃和它的朋友肯尼的身体,而不至于弄坏它们。呃,反正肯尼也不会出去工作,稍微扭转一下不碍事的。

"B是贝索被熊攻击。"我接着珍娜的话说下去。我们正在背诵一首诗。在我房间的墙壁上贴着一张海报,上面就印着这首令人毛骨悚然的押韵诗。每个英文字母后面都接了一句诗,内容都是孩子发生了各种可怕的意外。但我喜欢那张海报,因为每个人看到它都认为它是黑白的,可在我脑海里,它是彩色的。

"你说这天气,还有可能比现在更热吗?"珍娜问道,一边爬着滑溜的斜坡,一边喘着气。

汗水顺着我的脸庞滴下来,这就足够回答珍娜的问题了。这个八月过得实在太快,只剩下几个星期,我们就要升入八年级了。如果我们住在更南一些的地方,也许会看到风滚草①从我们身边滚过。沟渠底部的那条小路,布满了被太阳晒黄的长草与干燥的泥土。当我们走在这条熟悉的小路上时,我能感觉到空气变得凝重起来,一场暴风雨就要来了。

珍娜和我都已经十三岁了,已经过了可以参加夏令营的年纪。不过我们早已生活在乡间,有新鲜的空气可以尽情呼吸。

为了找乐子,我们常常假装这个城镇的空旷区域还有一些我们尚未发现的地方。我们每天都去探索山丘、河谷、沟渠和树林。去年夏天,我们发现有半截箭头被埋在一片

---

① 风滚草:被称为草原"流浪汉",是戈壁的一种常见植物。每当干旱来临,它就从土里将根收起,团成一团随风四处滚动。

矮树丛下。据我爸爸说，它很可能是亚伯拉罕·林肯年轻的时候在那场黑鹰战役中留下来的。但今年我们找到的，都是一样的螃蟹草，一样的虫子，一样的我们。不过，探索毕竟还是能消磨一些时间的。今天没有风，这意味着我们不用再忍受从河谷对岸的罗丝农场飘来的堆肥的味道。这是件值得庆幸的事情。

　　这条沟渠，每到夏天就会像现在这样干涸。我们年纪更小一些的时候，总是假装这条沟渠会引领我们到某个奇幻的地方去，那里充满了像《纳尼亚传奇》里所描述的冒险、刀剑以及会说话的动物。有时候，我还会无意间瞄到珍娜往那些矮树丛后面偷窥，似乎想找到什么隐秘的入口。其实她是想发现一条能找到她妈妈的路。她妈妈在三年前过世了，一种只有女人才会得的癌症夺走了她的生命。戴维斯夫人生前非常甜美漂亮，有一头红头发和可爱的雀斑，就像珍娜一样。只不过珍娜的身材和我一样矮，而戴维斯夫人很高。戴维斯夫人过世之前，给我和珍娜买了象征友情的绳环手链，我们俩一直戴在手上，从未取下来过。她说，只要我们一直戴着手链，就没有什么事情能破坏我们的友情。现在那条手链对我的手腕来说已经太紧了，紧到再不可能滑下我的手掌。每次我妈妈求我把手链割断，我都会向她解释它的意义。谁会在乎它的颜色变灰，边缘磨损，

芒果猫

甚至还有一点臭臭的呢?

　　风开始微微扬起,一大片绿色的叶子粘在我流汗的腿上。我静止不动,一直默数到十二,那片叶子才翻飞落地。它的颜色就和珍娜名字的颜色一模一样,都是闪闪发亮的绿色,点缀着些许金黄。我想,当初我之所以会立刻喜欢上珍娜,一部分的原因就是我喜欢她名字的颜色。但我从来没有告诉过她,我也不会告诉我姐姐贝思,说她的名字是沼泽水的深棕色。贝思十六岁了,正在一点一滴地磨光我爸妈的耐心。她几乎每隔一个星期,就给头发换个颜色。我们姐妹俩以前感情比较好,可是她离家去上高中后,就把我扔下了,仿佛我是一包刚从微波炉里拿出来的烫手的爆米花。今年夏天她离家之前,告诉我说如果我把头发染成金色的,男孩子就会多注意我一些。我跟她说,谢了,我还是想保持沉闷无聊的棕色。我们家唯一生来拥有金黄头发的人是扎克。他才刚满十一岁,他的名字是知更鸟蛋的淡蓝色。扎克有许多奇思异想。他能确切地告诉你,他这辈子吃过几个麦当劳汉堡包,因为他在房间的墙壁上做了一张详细的计算图表。本地的报纸曾经报导过他的这个"事迹"。

　　珍娜停下脚步,指着我的脚。"你的球鞋鞋带开了,"她说,"绑一下吧!"

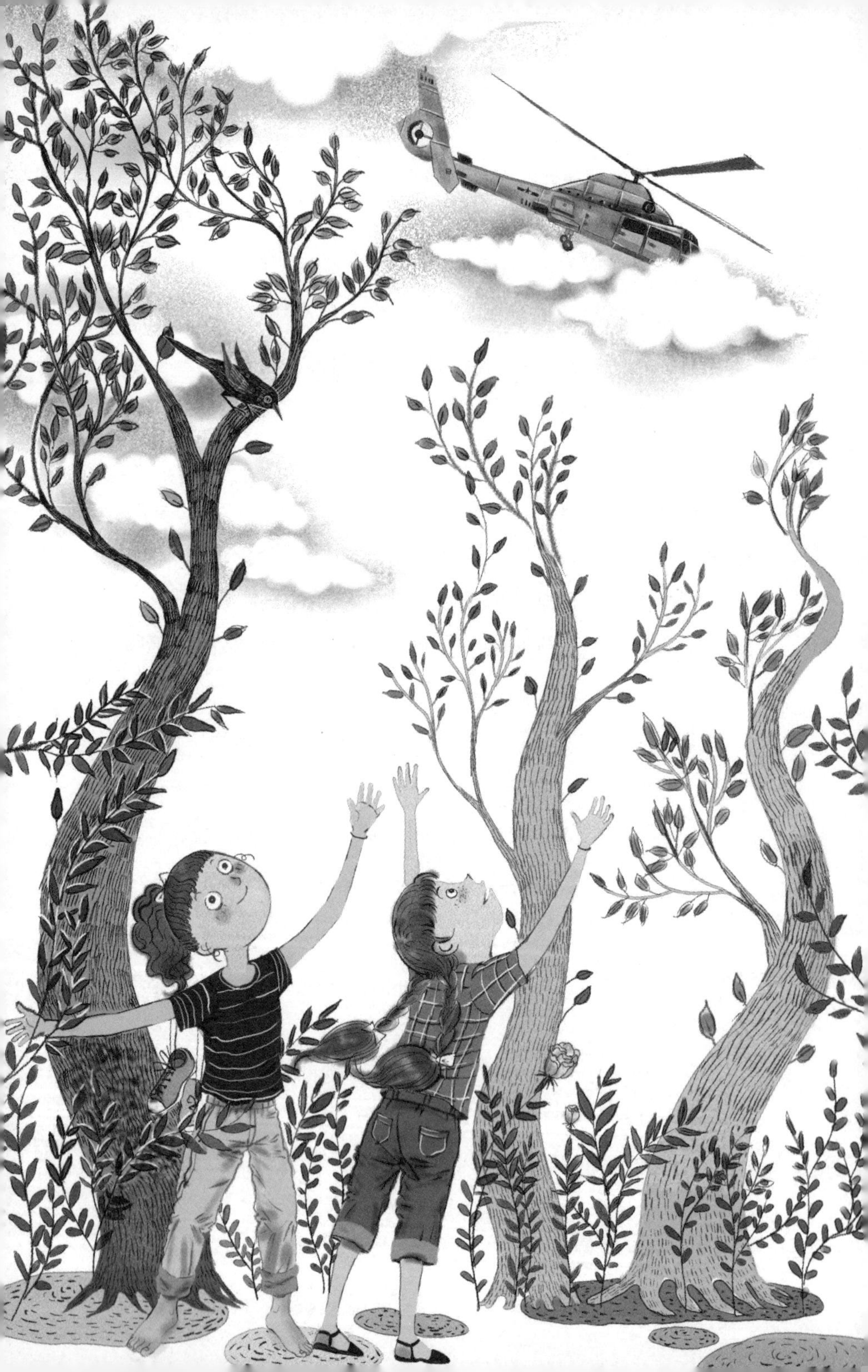

我干脆把球鞋踢掉，用鞋带将两只鞋子绑在一起，然后挂在肩膀上。我喜欢打赤脚。每天晚上洗澡的时候，我脚趾头之间夹杂的沙土就会跑出来，让脚下的洗澡水变成棕色，能足足持续一分钟。所以贝思总不愿意紧接在我之后洗澡。

珍娜在说着什么，但她的声音被从我们头顶飞过的直升机淹没了。飞机的呼吼声立刻在我的视线内产生了棕色的斑纹和线条。我抬头望去，看见了我老爸的直升机上那熟悉的图案。我老爸是销售农具的，也兼做维修，他用这架直升机去那些公路到达不了的地方工作。珍娜和我朝直升机挥挥手，长发摩擦着我们的脸庞。可我不认为老爸能看见我们。扎克还小的时候，常常担心老爸会找不到回家的路。每次直升机起飞的时候，他总是哭了又哭。后来爸爸终于带上他、贝思和我坐上直升机，让我们明白了找到降落地点是多么简单的一件事。那次贝思一路上都在呕吐，从那之后，她再也没上过直升机。

"坐在直升机里的时候，你会不会害怕？"当我们再次听得见彼此的声音时，珍娜问道，"那玩意儿看起来似乎随时都会四分五裂。"

"挺好玩的。"我告诉她，顺手把散乱的头发塞回马尾辫里，"在上面飞的时候，你会感觉自己像一只鸟，一切看起来都不一样了。欢迎你来跟我们一起飞一趟！"

珍娜的脸上掠过一抹惊恐，飞快地说："不，谢了。"

这么多年来，珍娜从未接受过我的这个邀请。

"你去过墓园了吗？"当我们沿着沟渠的底部行走时，她问道。

"不，还没有呢。我还是必须先完成那幅画。"这是珍娜的主意，她建议我在爷爷的一周年忌日时，带一份礼物去看他。她每年都会带一样东西去看她妈妈，她妈妈则从坟墓里寄礼物给她——呃，差不多是这个意思啦！戴维斯夫人在得知自己活不了多久之后，就开始囤积礼物，还写了很多封长信，交代她的生命。她把这些东西交给我妈妈保管，在她过世之后，每年珍娜生日那天，我妈妈就会去邮局寄一份礼物给珍娜。但再过不了几年，这些礼物包裹就要用完了，到时候将会是一个非常令人难过的生日。

"我可以看看那幅画吗？"即使知道我的答案会是什么，珍娜还是这么问了。

"你也知道，在礼物完成之前就拿给别人看，是不吉利的。"

"你为什么这么迷信？"她一边问，一边抹了抹冒汗的眉毛，结果在上面留下一道泥土的痕迹，"我想，一定是你那个迷信弟弟把你给逼疯了。"

"我确实被他逼疯了,"我坚持道,"不过还没他那么严重。你知道,如果有一只黑猫从他面前跳过,他就会把自己锁在房间里一整天。更别提从梯子下走过这种事了。如果他看见我爸爸从梯子下走过,他就会逼我爸爸绕着屋子倒退着走,而且要走两圈!扎克说,老爸要是想确保把厄运赶跑,就必须一直保持十指交握的姿势,直到他看见一只狗。"

"但你们家没有养狗啊!"

"我知道。"

"那么,梯子的事情究竟是怎么一回事?"

我耸耸肩。"我也不知道,但你绝不会想从梯子底下走过的。"

"你家里有好多奇怪的事情。"珍娜说着,伸手去抠另一只手肘上的疙瘩。

她甚至还不知道我那件怪异的事情呢!她就像其他人一样,把我三年级时发生的那件事忘得一干二净。对我来说,这倒也挺好的。

"你知道吗?"珍娜一边说,一边小心翼翼地跨过一根布满瘤节的树枝,"我爸爸说,一个灵魂要想抵达天堂,可能要花掉一整年的时间。也许这就是为什么你要花一年的时间,才能完成送给你爷爷的画。"

对于我爷爷的灵魂,我有自己的看法,不过还没有对任何人说过。我真是很擅长保守秘密。"有可能喔!"我回答,"走吧,我们回去吧!我不想再耽误时间了。我要在晚餐之前把那幅画带到墓园去。"

"那我们还有时间执行犯罪同伙任务吗?"我们爬上沟渠的斜坡时,珍娜问道。

我实在不愿意错过这一天中最棒的时光——我们的犯罪同伙任务。"犯罪同伙"这个名词也是珍娜的妈妈送给我们的礼物。有一次,珍娜想从她家厨房那只乳牛造型的饼干罐里偷二十五美分,我负责把风,结果我们被珍娜的妈妈逮了个正着。从那以后,我们更加小心谨慎了。我上五年级的时候,有一次贝思在家开了一场睡衣晚会。我和珍娜躲在她的衣柜里,听到了很多八卦内幕,还有关于小婴儿是怎么产生的知识!那倒解决了一些我们想了很久的疑问。直到今天,珍娜和我仍然将那件事视为我们最成功的犯罪同伙任务。

"我今天真的不行。"我告诉她。

"哦,没关系。反正我也想不出什么好点子了,这个镇子实在是太无聊了。"她用鞋尖踢了地上的土堆一下,大声地叹了一口气。

我们多花了一点时间才到家,因为必须绕过珍娜家的农场。珍娜的爸爸确实在这块土地上耕作。他种了黄豆和玉米,绵延数公里。而我老爸则把我们家的土地开辟成了直升机降落跑道。珍娜的爸爸觉得我老爸很懒惰,因为我老爸一星期才飞三次,而且每次都在晚餐前就回来了。但我老爸觉得,珍娜的爸爸管好自己的事情就好了。

"你爸爸会停止修你们家的房子吗?"远远地看到我家的房子时,珍娜问道。镇上的每一个人,包括我家除我爸以外的其他成员,都想知道这个问题的答案。此刻直升机停在我家的后院,我老爸已经爬上梯子的一半,马上就要抵达屋顶。

"我想不会。"我诚实地回答。

我家那幢形状不规则的房子在镇上很有名,常常能激起人们的好奇心。人们会使劲盯着这幢房子看。他们往上看,往下看,有时甚至上上下下瞧个两三遍。这幢房子就像有生命似的,一直在不断地扩张、缩减、再生。房子的每个部件都是我老爸和我爷爷用各种木头打造的,而这些木头都是他们想尽办法去借来或者求来的。他们两人对于房子该怎么建造永远都达不成共识,于是他们各行其是,最后撞到一起了再另做打算。

这种策略导致的结果是:我家里有很多不知道要通到哪里去的门,还有一些钻到墙壁里的楼梯,仿佛秘密通道似的。不过多亏了这些秘密通道,当年珍娜和我在里面努力爬了半天,最后居然爬到了贝思的衣柜后面。所以我觉得,这些布满蛛网的通道还是有点用处的。老爸不玩直升机的时候,多半都站在梯子上,拿着榔头敲打屋顶。我叫他"幽灵贾斯柏"[1],因为我很少见到他脚踩在地面上。他则叫我"野孩子",因为我总是打着赤脚到处跑,去感觉脚下的泥土,以预测是否会下雨。

"嗨,温切尔先生。"珍娜大声打着招呼。

老爸朝我们挥挥榔头,嘴巴里咬满了钉子。

"再见,温切尔先生。"珍娜又大叫了一声,朝着她家那栋小一些而且正常许多的房子走去。

老爸又试着挥舞榔头,这次脚下稍微滑了一下,但很快就恢复了平衡。

"你还要在那上面待多久?"我大喊。

"直到你老妈赶我下去。"

"很好。"我低声说。那表示他还会在屋顶上敲打几个小时,直到老妈从机场把贝思接回来。贝思在加利福尼亚一所大学的暑期入学预备班,已经待了整整六个星期。她靠一篇作文赢得了全额奖学金,作文的题目正是《写作文的压力》。这是扎克出的点子。如果你问我怎么想的话,我

---

[1] 幽灵贾斯柏:Casper,出自电影《鬼马小精灵》。

觉得她回来得太早了。没有人指使我的日子实在很不错。

老爸又开始敲打榔头。离我的脸庞大约半米处,闪过一片灰色的东西。榔头敲打钉子的声音所造成的颜色与形状,似乎已成为我存在的一部分,我几乎快注意不到了。可是,虽然我可以看穿那片灰色的东西,它还是会让我稍微分心。如果它的颜色漂亮一些,我也许就不会这么在意了。

快走到厨房后门的时候,我赶紧把球鞋穿上。我小心翼翼地跨过一堆木板条、榔头、钉子以及一把看起来很可怕的链锯。一如往常,空气中飘散着木屑的味道,纷纷扬扬的木屑落满我的衣服,甚至掉进我的脖子里。这些木屑是躲不掉的,它们早与三年级起就纠缠我的彩色粉笔灰掺杂在一起了。

我爬上楼,回到自己的房间,找寻芒果的踪影。芒果的正式名字是"神猫芒果"。它通常睡在我的床脚,趴在那条旧旧的维尼熊婴儿被毯上。被毯上的图案是维尼熊与小猪走向日落,芒果总是会把图案完全遮盖住。此刻芒果并没有睡在那里,被毯上只有它最爱的玩具——一只名叫崔弟的金丝雀毛绒玩具。我呼唤着它的名字,听到从远处传来一声橘子汽水颜色的喵声。我循着声音来到贝思的房间,发现这个灰白相间的小叛徒正蜷缩在贝思的枕头上。我把它抱起来时,顺便瞄了一眼贝思的床头柜。贝思真是粗心大意，居然把日记本放在那么显眼的地方就跑去加州了。不过我又想，也许她本来就希望我读她的日记。没准这就是她设下的圈套，到时候她一定有办法知道我究竟有没有偷看。

我把芒果抱回房，放在维尼熊被毯上，这才是它该待的地方。我转身想关上房门，却被扎克一脚伸进来挡住了。

"等一下，米雅！"他一边说，一边把门推开，"有件事我必须做。"

"有件事你必须在我房间里做？"我立刻警惕起来。扎克最近才刚结束他的"破坏性阶段"。这几年来，我们家没有什么东西是安全的。他非常擅长把东西拆开，但却不怎么擅长再把它们装回去。

"别担心，"他坚持道，"只要一秒钟就好了。"

"有一个条件，"我把他卡在门缝间，"你必须告诉我为什么从梯子底下走过是不吉利的。"

他转了一下眼珠子。"很简单啊！因为那会破坏梯子、地面与墙壁所形成的生命之神圣三角形。"

"呃？"我愣了一下，稍微松懈了防卫，于是让他逮住机会冲进了我的房间。他直接奔向房间的另一头，那里有我收藏的钟表。我紧跟着他，发现他的小手上抓着好几块表，其中两块是我老爸的，一块是我老妈的，一块是贝思的。

"你为什么拿这些——"

"嘘,"他打断我的问话,"我必须把这件事搞定。"他盯着我那些钟,仿佛它们正要传递给他一个讯息。

"搞定什——"

"嘘!"他的目光从木头咕咕钟迅速移向荧光星形钟,再移向那座大型数字钟,又往下移到火车造型钟,然后滑向那座每次报时都很大声的电子钟。我从一年级就开始收藏钟了,每个圣诞节,我都可以挑选一只钟作为礼物。

"我必须搞定这些钟表。"扎克解释道,他正忙着拨转了上那些表的指针,跟我那些钟对时,"否则的话,我们中有些人就会活在过去,而另一些人会活在未来。就在同一幢屋子里啊!我不能让这种情形发生,这是很不吉利的!"

"差一两分钟会有多大的差别?"

"这显然与时空连续体里的褶层有关。"他回答,仿佛我应该听得懂他在说什么似的。

"你从哪儿得来这个念头的?听起来像《星际旅行》里的那一套。"

他坚定地摇摇头,说:"我是从美国太空总署的网站上读到的。"

我早该知道的,扎克对网络上了瘾。"你不能相信你在网上读到的所有——"

我没有说完，因为就在那一刻，屋里所有的钟表都开始了五点的报时。咕咕鸟探出头来，大声地咕咕叫着；火车更大声地呜呜鸣笛；所有的闹钟同时响了起来："哔哔哔哔""叮当叮当""铃——"……全都大声作响，远超过平时的音量。老爸仍在用榔头敲打着屋顶，老妈在门前的车道上按喇叭，通知我们她和贝思已经从机场回来了。我还听到贝思摔上汽车门，把行李丢在地上。芒果躲到了床底下。我用双手堵住耳朵，闭上眼睛，试图阻止那些轰炸着我的颜色。

没有用。我的视野里充满着模糊的紫色三角形、绿色波浪、飘浮的黑色斑点，以及各种颜色与形状的球，它们在我面前，在房间里，在我内心里旋转、俯冲、绕圈。如果我有心理准备的话，还可以承受这场折磨，然而此刻这样的折磨令我根本招架不住，我觉得自己马上就要窒息了。

"你怎么了？"扎克大叫着。我已经倒在地上，弓起了身子。

"为什么每样东西都这么吵？"我在一片噪音之中大声呼喊。

顷刻之间，闹钟铃声停止了。再也没有汽车喇叭声，也没有用力开关车门的声音，只有寻常的榔头敲打声。那些颜色与形状很快就消散了，我又能够呼吸了。我睁开眼睛，发现扎克正盯着我，表情里夹杂着关心与惊讶。我站起身，一把抓起一个闹钟翻转过来，发现它的音量被调到了最大。其他的钟也是。当把所有的钟从墙壁上取下来、放在床上时，我的手在微微颤抖。

"这是怎么回事？我一向是把闹钟定时装置关掉的呀！"

扎克转身想逃，我牢牢地抓住了他的衣袖，不让他移动一步，直到他坦白。

"好啦，是我趁你不在的时候，把这些闹钟定时装置打开的，而且把音量也调高了一点。这样我才能在我的房间里听到闹钟响的声音啊。"

"你未免也调得太大声了吧？就算你的房间在阿拉斯加都能听到了！"我气得把他推到房间外的走廊上，砰地把门锁了起来。

"嘿！"他用力敲着门，"我之所以这么做，是因为不想在没得到你允许的情况下进入你的房间。"

"你进来把闹钟定时装置打开的时候，得到过我的允许吗？"

一阵沉默。然后他问："你到底有什么毛病？"

我不理他，继续一个个地把闹钟定时装置关掉，然后把所有的钟挂回墙壁上正确的位置。我看着这些钟安静地滴答作响，拼命忍住令人讨厌的眼泪。为什么扎克就不受这些噪音的影响？万一下次我在公共场合遇到这样的情况该怎么办？如果我像刚才那样倒在学校的走廊上、弓着身子，那一定丢死人了。

我呆呆地站在那里怜悯自己，看到芒果正从躲着的地方偷偷向外望。它环顾了一下四周，然后小心翼翼地爬出来，跑到我脚边磨蹭。我抱起它，走向放有美术用具的衣柜。我还有一幅画要完成，还有一个爷爷等着我去拜访。以往每次画画的时候，我都会一边听着音乐一边画，可是今天我好害怕那些颜色会让我无力招架，这可是我有记忆以来第一次有这种想法。我再也不想体会那种完全无力控制的感觉了。

我试着完成那幅画，可又无法集中注意力。四周太安静了，就连榔头的敲打声都不知何时已停止了。我挑选了一首爷爷喜欢的莫扎特的曲子，把音量调到最低，然后趁自己打退堂鼓之前赶紧按下播放键。那些颜色立刻温柔地流向我，给我力量，提醒我，让我知道自己还是可以享受它们。小提琴的音色是像谷仓一样的红色，长笛是带点银又带点蓝的白色，法国号则是校车一样的黄色。所有的颜色在我眼前层层叠叠，不断变幻着形状，改变着位置。在那个片刻，它们是只属于我的。

2
橘黄色的呼噜

我往后站了一步,端详我的作品。在一片蓝灰色天空的背景中,爷爷似乎就在那里盯着我看。他的圆脸上所显露的表情,就像正在等待着自己长久以来所企盼的东西。

但好像还是少了点什么。我盯着整幅画瞧了一会儿,终于明白到底少了什么东西。我把画笔清洗了一下,将灰色与蓝色的颜料准备好。接着我一笔一笔地涂上色彩,芒果出现了,它就栖息在爷爷的右肩上。在那个小小的位置上,我只放得进小猫般大小的芒果。我再次往后退一步,仔细端详,对这样的效果很是满意。经过了一整年的时间,这幅画终于完成了。芒果趴在爷爷的肩头，让画面变得如此协调，就仿佛是整幅画的最后一块拼图。这实在是太有意义了，尤其是考虑到我是在哪里第一次遇见芒果的。

收拾水彩颜料的时候，我听见芒果从房间的另一头发出喘气声。我第一次遇到它的那天，它也是这样喘着气，在它周围，冒出了一个个橘黄色的空气泡泡。那天，是爷爷的葬礼。我们全家围绕爷爷的坟墓站立着，哭泣着，互握着手，祝祷爷爷上天堂。我家在乡间，早就习惯了常常祈祷动物上天堂，但在爷爷过世以前，通常都只是扎克为他的臭鼬或貂鼠哀悼罢了。而这次完全不同。本地的牧师——我只见过一次——正在念他的祷告结束语，我瞄了一下四周，看到了一只小猫。它就坐在离爷爷的坟墓一米远的地方，有着与爷爷一样的眼睛——圆乎乎的，仁慈的，仿佛知晓一切。我立刻就爱上了它。

我花了两个星期的时间苦苦哀求爸妈，他们才最终答应废除不准在屋内养动物的规定。每个人都以为我叫它芒果是因为它那双橘色的眼睛，但事实并非如此。我之所以给它取这个名字，是因为它的呼噜声、喘气声以及喵喵声，全都会产生各式各样的橘黄色，就像不同季节的芒果一样。

但它的喘气声不太寻常，所以它来到我家后，我们立刻带它去看了兽医。在二十分钟的车程里，芒果呕吐了两次,这让老妈不太高兴。那位女兽医说,芒果有一侧肺的肺膜天生就有一道深深的裂缝,而且无法人为修补。她说,如果芒果能再多活一个月,或许它的身体就可以自动修复这个问题,到时候它就会没事了。

那是一年前的事了。芒果到现在还有喘气声,我到现在仍拥有芒果。

也许我应该下楼去跟贝思打声招呼,但我又真的很想在晚餐之前把爷爷的礼物送去墓园。我轻轻地把画从画架上拿下来时,老爸突然来敲我的房门,弄得我差一点把画掉到地上。我把画放好,然后打开房门。

"我们要带贝思去药妆店,"他一边说,一边将沾满泥土的双手往褪色的牛仔裤上抹,"你要不要一起去?"

"我得把这些清理干净。"我指了指身后那些颜料和画架。不知道为什么,我不太想告诉他那幅画是我送给爷爷的礼物。老爸至今也没有提过今天是什么日子,而我也并不想提醒他。

"我可以看看吗?"他走进我的房间,专注地研究那幅画。

"这真是一幅杰作。"他的口气听起来挺真诚的,不过你永远也摸不透父母真正的心思,"你对色彩挺有感觉的。"

但愿他真的了解这件事情的一半就好了。"谢谢。"我回答。

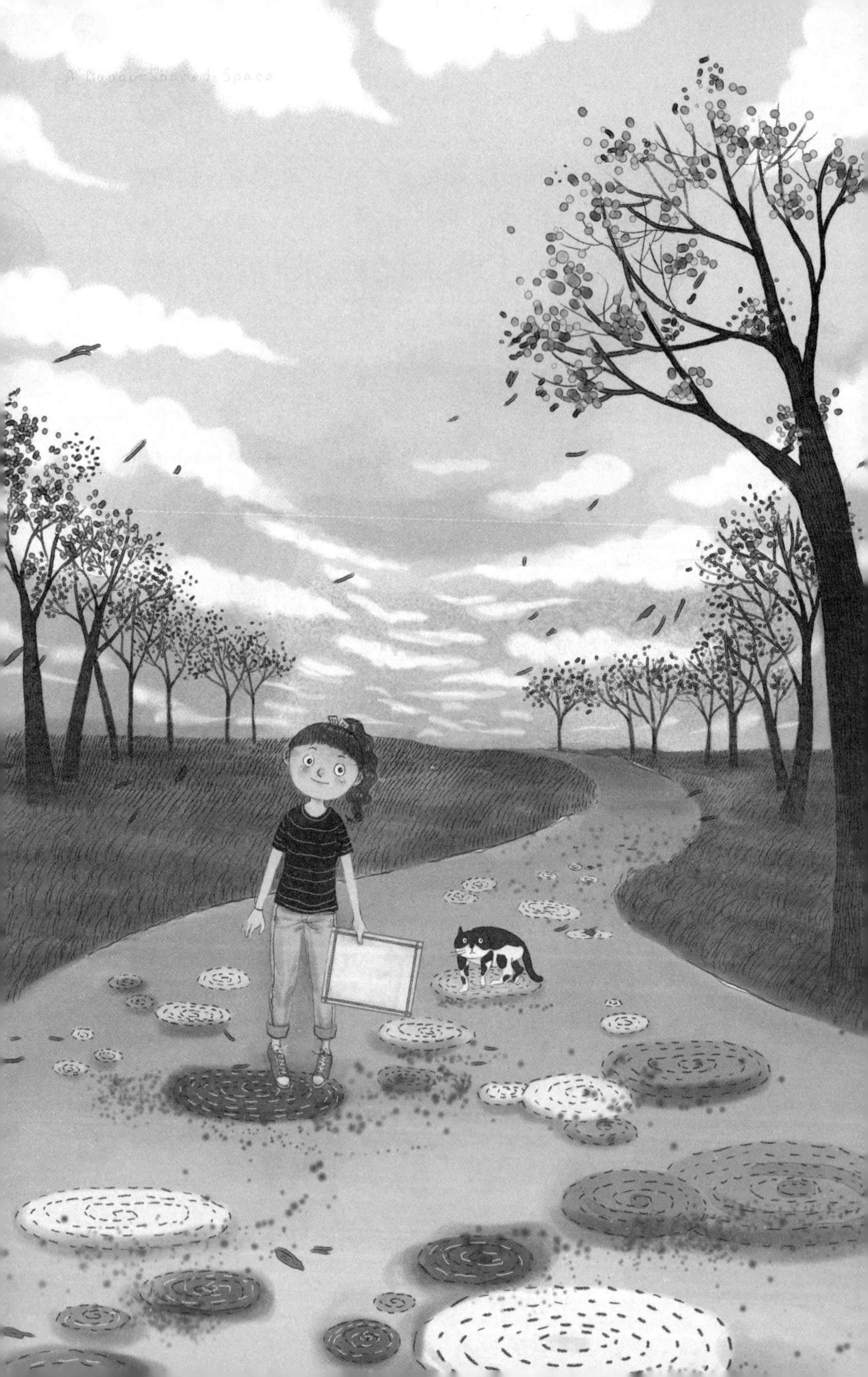

"他们都说眼睛是灵魂之窗,你知道的。我可以从这对眼睛里看到你爷爷的眼神。"老爸毕竟还是懂得一些重要的事情的,只是不像老妈那样会念书。在扎克出生之前,老妈是一名高中科学老师。

"你这幅画的画法很有意思,"他凑上前去盯着那幅画,"你把芒果和你爷爷的眼睛画成一样的形状了。"

我暗自微笑,很高兴他注意到了这一点。这时,贝思在楼下大声喊叫。老爸把我当成小孩子般拍了拍我的头,转身离开了。

"快要下雨了。"当他往长廊走去时,我提醒道。芒果出现在他的脚边。

老爸大笑,说天空里没有半点云。不过我听见他叫贝思带雨伞了。

等屋子的前门一关,我就立刻抓起那幅画,踩着我的球鞋,从后门跑了出去。埋葬爷爷的小墓园,就在离我家不远的小山丘上。爷爷葬在奶奶的旁边,奶奶在我三岁的时候就去世了。他们是我老爸的父母,可是我老妈也和他们很亲近。我老妈的父母都还健在,他们住在佛罗里达州,我们不常见到他们,因为他们不愿意坐飞机。但我想事情并没有这么简单,肯定还跟"嫁到条件不如我们的家里"以及"没有文化的乡下"这类的话有关,不管这些话究竟是什么意思。老妈从来不谈论这些事。

珍娜的妈妈也埋葬在同一座墓园。我打算也到她坟上去向她致意。我拎着那幅还没有干透的画，小心翼翼地不让它贴到我身上。在前往墓园的途中，我发现芒果正跟在后面。我等着它赶上来，可是它沿途一直分心。这里有好多东西能引起一只猫的注意。这片旷野的背后是好几亩耕作过度的土地，养育着一个欣欣向荣的生态系统，充满了各种恐怖的、会爬行和蠕动的东西，以及各种各样的小动物。而且，根据爷爷生前跟我说的那些故事，这里还有一些逝世前在这片土地上耕作过的人的灵魂。

有一次，爷爷带着我和扎克穿越树林。在一片浓密的矮树丛之下，我们发现了一大片绿色的海绵半埋在土里。当时只有六岁的扎克，说那是掉到地球上的一小片月亮。爷爷说的确是那样的，然后他剥了一小片下来。我知道那块海绵其实是一块发霉的旧沙发椅垫里的，但我也跟着他们一起演戏。爷爷为那一小片椅垫发表了一段简短的演讲，之后把它举到面前，仿佛那是一枚无价的珠宝。"身为你们这次探险的导游，"爷爷的声音低沉且恭敬，"这是我的荣幸！在此谨赠予你们两位每人一小片月亮。"他把那块椅垫撕成鸡蛋大小的两半，交给我和扎克每人一块。那块海绵湿湿滑滑的，使我的手指上沾满了绿色的东西。后来我把它放进了一个小盒子里,安全地藏在我书桌抽屉的最里面。我不知道扎克是怎么处置他那块海绵的。

有时候,我会以为自己看到了灵魂在树林间飘荡。但我知道爷爷的灵魂不会那样漫无目的地飘荡,他灵魂的一部分一直与我同在,就安全且稳妥地藏在芒果的身体里。自从那天我看到这只小猫坐在爷爷的坟墓旁,并用爷爷的那双眼睛抬头望着我,我就明白这一点了。我坚定地相信,人们的灵魂会在死后被拆分开来。比如爷爷的灵魂,一部分藏在芒果的身体里,一部分则到天堂去和奶奶跳舞了(奶奶生前舞跳得非常棒),而只有他自己才知道他剩下的灵魂到哪里去了。不过,这只是我个人的理论。

带着芒果爬上最后一道山脊,我就能清楚地看见爷爷的坟墓了,因为覆盖爷爷坟墓的草比周围的要矮一些。墓碑在夕阳余晖的照耀下闪闪发光,上面还放着一个尤其闪亮的东西。我走上前去,发现那是一个玻璃瓶,是爷爷生前最喜欢喝的那种啤酒。一定是老爸把它留在那里的,他还留了一束花在奶奶的墓碑上。我知道老爸很想念他们,虽然他常常说当该走的时候到了,就会直接离开,丝毫不拖泥带水。我家只要一提到与死亡有关的话题,很少有人能保持开明的态度。我努力地不去思考太多有关死亡的事,我并不擅长面对结束。结束总是让我太过悲伤。

"嗨，爷爷。"我低声说，把那幅画放在爷爷的坟上，"我给你带来了一份礼物。"芒果立刻走过来，嗅着那幅画的边缘，接着径直从画上踩了过去，快得我根本来不及阻止。这下可好，我不得不清理它脚掌上的颜料，更别提还得补上那些脚印部分的颜料。

四周的空气非常凝重，紫黑色的云朵迅速地席卷过来，速度之快，远超过我的预期。年纪还小的时候，我习惯在雨中奔跑，让雨水淋得一身湿。可是有一天，我亲眼看见一道闪电几乎把一棵树劈成了两半。那件事剥夺了我在雷雨中奔跑的乐趣。此刻芒果的尾巴垂得很低，这意味着暴风雨很快就要降临到我们头上了。

我飞快地拿起奶奶坟上的那束花，用来遮雨，然后告诉爷爷我很想念他，希望他喜欢那幅画。我正要跪下来捡起画的时候，第一滴雨瞬间落下，砸在了上面。芒果跑到树下躲雨，强风从我身边卷过，我僵住了。雷电在空中造成木炭黑色的漩涡线条，在某个瞬间，我以为它们想把我槌进地底下。我拔腿就跑，将那幅画留给了爷爷。

野孩子开跑啰！

跑到树林边缘，我叫唤着芒果。树林里变得十分阴暗，大雨真的落下来了，雷电还在轰隆作响。万一雷电劈在某棵树上，树倒下来压住了芒果，可怎么办？它能听得见我叫它吗？一时间我不知道该如何是好。这时又是一阵雷声响过，我咬咬牙，往家里跑去。

跑回家时，我突然同时想到了三件事：自己浑身湿透，我的猫不在身边，我的画也不在身边。为什么我不肯听自己的警告，带把雨伞出门呢？我想趁自己被任何人看见之前回到楼上的房间，可是今晚我的运气不太好。

"你怎么了？"贝思跟着老爸走进前门，一边折叠雨伞，一边问道，"你看起来糟透了。"

"没事，很高兴见到你。"我发着抖说。

她凑过身来，给了我一个拥抱。那是一个真正的拥抱，充满感情。今天她脸上没有化任何妆，头发也绑成了马尾，而不是像以前那样抹满发胶。我都不记得在她十二岁之后，见过她不涂口红的样子了。没有化妆，没有发胶，没打新的洞，而且还加上一个拥抱？这真是非常诡异，太不像贝思会做的事了。一定发生了什么事！

"你想看看我从加州带回了什么东西吗？"她一边说着，一边往楼上走去。

她这是在邀请我上楼去她的房间？我望着老爸，想看他是否注意到了贝思这些不寻常的举动。只见他眉开眼笑，眼里散发着光芒，我想那可能是他泛着的泪光。老爸向来比老妈心思细腻敏感一些。他每次看奥运会和贺曼卡片公司的感人广告时,都会哭个不停。扎克遗传了他的这个性格特点。我们三姐弟之中,只有扎克会祝祷死掉的金龟子上天堂,我和贝思则认为虫子们自有它们的办法。

我跟着贝思上楼,小心翼翼地步入她的房间,很怕真正的贝思会随时出现,发狂地指控我非法侵入她的房间。不过她只是在一只皮箱里翻找着,然后拖出一个大塑料袋,把里面的东西全都倒在床上。

我凑上前去,不由得瞪大了眼睛。那是各种颜色与大小的蜡烛,蜡烛堆的中间是装有小花与草药粉末的袋子,还有一只陶质高脚杯,以及一只锡碗。

"你是好女巫,还是坏女巫?"我用手指揉搓着那只高脚杯。

"很幽默。"她说着,从我手中抢走杯子,"这个夏天,我只不过是学会了如何与自然的力量沟通。扎克待会儿要帮我移动床铺。"

"移动床铺?为什么?"

"这样一来,我的头才能朝向北方。你知道吗?睡觉的时候头朝北的话,北极的磁场可以带给你力量。"她说这些话时的语气,仿佛那是些理所当然的道理,"我相信扎克待会儿也会帮你移动床铺的。"

"可你不是向来都说扎克的迷信很可笑吗?"我一边提

醒她,一边后退了几步,离她的床远一些。我要远离那些奇怪的东西,远离眼前这个自称是我姐姐的陌生人。

"我以前的确这么说过,"她承认,开始将蜡烛摆放在房间的各个角落,"可是,现在我发现其中还真有一些道理。"

"手指交握,直到看见一只狗……这其中有什么道理可言?"我一边低声嘟囔着,一边往门边移动。

"等等!"她叫道,"我今天晚上要染头发,你可以不用浴室吗?"

哈!贝思还是贝思,还是没有改变太多嘛!"这次你要染什么颜色?"我问。

"如果你很想知道的话,"她一边说,一边把马尾上的发圈取下来,让头发散落在脑后,"我要染成红色的。我发现红头发才是最接近大自然的发色,也许你可以考虑——"

"噢,不,"我打断她的话,"我已经很接近大自然了。浴室全都让给你。"我考虑了一下,要不要提醒她大自然里几乎没有什么是红色的,建议她试试染成绿色呢?可是后来我又想,我何必自找麻烦。

"你在滴水,我的地毯都湿了!"她突然尖叫道。我连忙快步退出她的房间,她随即砰地关上了门。

"嘿!"两秒钟之后,贝思又出现在走廊上,这次她挥了挥手中的日记本,"我不在家的时候,你有没有偷看我的日记？"

以前的那个贝思果然回来了！突然间，我真希望自己看了她的日记。我向她保证我没偷看，然后赶在她进一步拷问我之前，跑回了自己的房间。我快速地脱掉湿淋淋的衣服，换上运动衫，然后偷偷摸摸地走下楼去。此刻，最暗沉的乌云已经过去了，天空只下着一点毛毛雨。我拿了一把雨伞，以防万一。我推想，从后门应该最有可能偷溜出去。但就在刚绕过通往厨房的转角时，我正好与老妈撞了个满怀。啊，这座房子里的人实在太多了！

"天色晚了，米雅，"老妈说，声音里透露出的那种怀疑的语气，只有当妈的人才会有，"你要去哪里？"

我犹豫了一下，说："去墓园？"

"你可以明天再去，"她说着，从冰箱里拿出一碗沙拉交给我，"爷爷又不会跑掉。"

我很想争辩，可马上就遭到了妈妈们特有的严厉眼神，外加妈妈们特有的严厉语调的对待。那种眼神再加上那种语调，真是令人无法招架。我叹了一口气，放弃争辩的念头。我悲哀地意识到，那幅画可能已经彻底被摧毁了。我把沙拉碗放在厨房的流理台上，趁老妈还没要求我去摆放餐具时，赶紧转身离开。可是猫爪在纱门上抓挠的声音又使我停住了脚步。

我打开厨房的门,芒果蹿了进来。它身上几乎没有沾湿半点。在滂沱大雨中也能保持身体干燥,这是猫咪们诡异的把戏之一,我从来都想不透。芒果并没有为它独自溜走而道歉,它径自走到猫食盆旁边,等着我把食物倒进盆里。

"等你忙完了,请帮忙把餐具摆好,米雅。"老妈偷偷地瞄了我一眼。我知道她的用意,她是想看看我有没有把猫粮洒到盆外面。虽然我也是个很爱干净的人,可我永远也没有办法像老妈那样干净整洁。她连吃比萨都要用刀叉,这真是太让人难为情了。她和老爸在这方面是两个完全相反的极端。我不是说老爸就是个邋遢的人,可他有时候确实会把外头的泥土带进屋里,而老妈只好拿着拖把跟在他后面。

"如果暴风雨过去了,我希望能抽出点时间用用望远镜。"她一边说,一边翻找着柜子后面,"你想不想跟我一起观测仙后座?银河系里的一颗星星就要爆炸成超新星了。爆炸之后,它的亮度会变成平常的二十倍。"

"也许会吧。"我没有心情为一颗要爆炸成超新星的星星而感到兴奋。用天文学家的话来说,爆炸成超新星的意思,就是毁灭。那可是极大规模的悲伤啊!但我知道,老妈很想念和她的科学伙伴们在一起的时光，也很希望在院子里观星的时候有人做伴。

"看来，我得去买一些意大利面了。"老妈气呼呼地关上橱柜的门，关门声产生了一个棕色的大圈圈，让我回想起贝思那个老旧的呼啦圈。贝思六岁的时候，曾在呼啦圈比赛中打败了镇上所有的小孩子，赢了二十五块美金。贝思喜欢胜利。

"晚上吃汉堡就行了吧？"当那个棕色大圈圈渐渐消失的时候，我问老妈，"冰箱里还有一些汉堡啊！"

"今天是贝思回家的第一个晚上，"老妈从门后的钩子上取下钥匙串，"而且她不吃汉堡。"

"啊？从什么时候开始不吃的？"我一边问，一边跟着老妈走过走廊。

"显然是从现在开始的。"老妈的声音紧绷，"她说她再也不吃有脸的东西，或者任何曾经有脸的东西了。"

我从来都没有从这种角度思考过肉类，而且也不想从现在开始这么想。我央求老妈带我一起去超市，心里则盘算着，也许能说服她在回家路上让我去一下墓园。

快到超市的时候，她提醒我尽快去买一些开学要用的笔记本和新衣服。

"还有一个星期才开学呢。"我说。我不太会买东西,不论什么日子,我都宁愿待在野外,也不愿泡在商场里购物。

"不要像以前一样,等到最后一分钟才开始准备。"她提出警告,"你已经长大很多了,穿不下七年级时的秋装了。而且一旦开学了,你就会忙得没时间买衣服。"

我实在很害怕八年级的到来,它意味着我们必须学一门外语,更别提还有初级代数课了,我注定无法通过这门课的考试的。不论我怎么努力,我在数学课上都跟不上其他同学。如果再加上西班牙语课,我会死得更惨。对我来说,问题很明显——我的色彩。比如英文的"朋友(friend)"这个词是带有一抹亮红色的土耳其蓝,但是西班牙文的"朋友(amigo)"却是带着棕色斑点的黄色,就像一根熟香蕉一样。我就是没办法让大脑把这两个词等同在一起。

排队等着为意大利面付账的时候,我终于答应老妈第二天去买一些开学要用的东西。老妈很满意,便转过身去和排在我们后面的那位女士讲话。那位女士的儿子躲在她的裙子后面,偷偷往外瞅。他让我想起五岁时的扎克。

"嗨,"我轻轻地说,弯腰注视着他,"你叫什么名字?"

"比利·亨克尔,"他害羞地小声回答,"你呢?"

"米雅·温切尔。"我告诉他。

他咯咯地笑了起来，从他妈妈的身后站出来一点点。"米雅是个漂亮的名字。"

"谢谢。"我对他绽放了一枚温切尔家族的招牌式微笑。我们家族的人虽然在身高上没有得到老天的祝福，可是我们的牙齿很漂亮，所以我们一有机会就会展现牙齿。

"它是带有橘色条纹的紫色，"他大声说着，声音变得比刚才有自信多了，"我很喜欢。"

我仍然保持着微笑，摇摇头说："才不呢，傻瓜，它是苹果糖的红色，还带点淡绿色。"我说完了，才猛然惊觉他刚刚在说什么。我的微笑渐渐消失，心脏开始怦怦狂跳。

"慢着，你刚刚在说什么？"我问他。可是他还没来得及回答，他妈妈就转过头来，转了转眼珠子，对我说："别理他，他想象力过度。"

比利又退回她的裙子后面，探出头来，怯怯地瞄了瞄四周。"米雅是紫色和橘色的，"他小声地说，"不是红色和绿色的。"

我惊讶得说不出话来，僵在原地动弹不得，耳朵里的脉搏在剧烈地跳动。老妈已经付完了账，往出口处走去。我强迫自己跟着她走。在超市的大门关上之前，我忍不住频频往回望去。我听到比利的妈妈在骂他胡乱编造故事，记忆中我那些同学的笑声又跳进我的脑海里:"怪——物。"我的同学们曾害我质疑自己生命的最初八年,而此刻这个小男孩又让我质疑过去的这五年。如果他不是在说谎,如果他真的能看到我名字的颜色,那么过去我以为我所了解的自己,便是错的了。

3 鲜蓝色的号哭

我睡不着,在床上翻来覆去,芒果也跟着我翻来覆去。难道是我误会比利了吗?他妈妈说的才是对的吗?他真的是在瞎编?毕竟,我的名字一点也不像紫色和橘色的。阳光从百叶窗照射进来,却没有带来任何答案,只带来更多的疑问。为什么整个世间唯一有可能和我用同样的方式看待世界的人,却是个五岁的小孩子?也许每个人在五岁的时候,看到的世界都是我现在看到的这样的,而我只是停留在那时没有长大罢了?我是否应该去找到比利?如果找到了,我又应该对他妈妈说什么?这些疑惑和它们带来的情绪在我的胸中翻涌，就像被摇晃后的汽水罐所冒出的白色泡沫。咕噜，咕噜，咕噜。

我放弃继续睡觉的念头，决定赶在大家起床之前去解救我的那幅画。昨天晚上从超市回家的路上，我完全忘记了请老妈停车。

草地上仍然覆盖着露水，我提醒自己小心别滑倒。但当我抵达墓园的时候，我紧急刹住脚步，差点儿就滑了一跤。墓园里不止我一个人。我忘了，珍娜和她爸爸每个星期三早上都会来这里。这会儿他们正跟住在河谷对岸的罗斯夫人讲话。罗斯家族从19世纪开始就住在这里，这墓园里一半的墓碑都刻着他们家族祖先的名字。他们是我所认识的唯一一个犹太家族，每年都会邀请河谷里的其他家庭，和他们一起点燃蜡烛。有时候他们会打电话来说，芒果在他们家院子里，请我们不必担心。我猜想芒果可能爱上他们家的一只母猫了。过了一会儿，罗斯夫人走远了，在墓碑间穿梭，每隔几步就停下来，往他们家族的墓碑上放置小石头。

珍娜跑到我爷爷的墓旁找我。她看起来很疲惫，就连脸上的雀斑都显得又疲惫又苍白。

"我看到你的画了。"她说，"你的决定还真有趣呀，居然把它留在雨里。"

我低头注视着那幅画，叹了一口气。画上的颜色全都糊在了一起，现在芒果看起来像一团有眼睛的色块，根本不像一只小猫了。爷爷的脸却出乎意料地没有被破坏，虽然他周围的画布已经皱起来了。

"我活该，"我一边说，一边小心地拿起那幅画，免得再把它撕破，"我居然让大雨抢先一步。"

"你觉得它还有可能被复原吗？"她问。

我摇摇头。我很确定，要不是我的心思此刻还全都集中在昨晚遇到比利的那件事上，我一定会更难过的。我必须强迫自己忍住，不把这件事说出来。

"太可惜了，"珍娜说，"你画得那么努力。这幅画看起来真的很不错。"她眯起眼睛看了一会，然后问道："趴在你爷爷肩膀上的是一只老鼠吗？"

"我为什么要在我爷爷的肩膀上画一只老鼠？"

"我怎么知道？也许他喜欢老鼠呀。"

"那不是老鼠，珍娜，那是芒果还是小猫时的样子！"

"哦，"她努力掩饰住微笑，"真是抱歉啊。"

可怜的芒果，居然被看成了一只老鼠。还好它不在这里，没有听到这些话。"我该走了，"我告诉珍娜，"我妈非要拉我去买开学用品。"话一出口，我就后悔了。我不该在墓园里说这句话的。我最不愿意做的事，就是提醒珍娜，让

芒果猫

她又想起一件无法和妈妈一起做的事。"不如你跟我们一起去?"我马上加了一句。

她把双手插进口袋里,摇摇头:"我今天打算陪陪我爸爸,我们俩昨天晚上都睡得不太好。我家的空调坏了。"

我望了望珍娜的爸爸,他正站在妻子的墓旁,脚后跟前后摇动,一顶芝加哥小熊队的棒球帽遮住了他的眼睛。

此刻我不知道该说什么。我和珍娜都盯着地面。

"我该过去找我爸爸了。"珍娜说,"我晚一点再打电话给你。"

"嘿,如果你今晚想来我家过夜,可以来哦。"

"我会告诉你的。"

我看着她走远。到墓园里来看妈妈,这对她来说是很难受的,不论她嘴上说什么,还是不说什么。我快速地赶回家,一路上想着那些我们不想让别人知道的事情,那些就连我们最好的朋友也不能言说的事。

再过几天就要开学了,我试着尽情挤干今年最后的夏日时光——呃,我确实正在做挤干的动作。我正在挤柠檬汁,为的是我和扎克在街角摆的一个柠檬汁小摊。

"你们为什么不干脆像别人那样，直接用柠檬粉来冲泡？"贝思经过厨房、走进食物储藏室的时候，这么问道。她走出来的时候，手上拿着几个三明治袋子和一支魔术马克笔。

"我们这么做，是对高品质的追求。"扎克一边回答，一边用长汤匙搅拌糖粉。

"那些袋子是干吗用的？"贝思把那几个袋子摊平在厨房柜台上时，我问她。扎克也停止了搅拌，竖起耳朵听着。

"如果你们一定要知道的话，好吧，我正在将草药分类，这是为了我手上的一个大计划。"

扎克和我对望一眼，扬起了眉。

"你要是把我变成一只青蛙，我就跟爸爸妈妈告状。"扎克把汤匙举在身前护住，就像握着一把宝剑。

贝思烦躁地低吼了一声，转身背对着我们。我们继续挤柠檬汁，让她继续搞她的魔法。

贝思走后，我和扎克再次独处时，我问他："柠檬的这种黄色，有没有让你联想到什么事情？"

"啊？比如什么？"

"噢，不知道啊，比如字母 a 或者数字 4 之类的？"

他停止搅拌，奇怪地问道："你在说什么？"

"算了。"

他盯着我看,好像我疯了似的。随后他切开下一个柠檬,又开始挤汁。

我只是想确定一下而已。

三个小时之后,我们回到了厨房。天气太热了,我们被太阳晒红了皮肤,却只赚了四块钱。老妈提醒我们,再过十五分钟就要带芒果去看兽医了。我花了十分钟,才最终在我的床底下找到它。我向它解释,这次去兽医那里只是做例行检查,但它假装听不懂我说的话。最后我被迫朝它喷水,逼得它一头蹿进那个装猫的盒子。盒子是用纸板做成的,侧面还有一幅一只猫坐在宇宙飞船上的图案。芒果已经不再晕车了,可是进城的一路上,它都在大声地抱怨。每个高音调的喵喵声,都会送出橙色的圈圈,在我眼前跳动,但我不介意。

车子经过那家超市的时候,我又想起了比利。也许我应该再去一趟,问问店员是否知道亨克尔家。可那样做会有什么好处吗?比利有可能是疯了,而我也好不到哪儿去!

宠物医院的等候室里挤满了人和动物,噪音都涌到大街上去了。当我拉开玻璃门的时候,一条脸上五官都挤在一起的小狗冲我尖叫,产生了黑色的条纹。有三只猫躲在相对安全的猫笼里,嘶嘶地叫着。我把装着芒果的盒子放在腿上,轻轻地安抚它。它从盒子顶端的三个圆孔之一探出鼻子，我拍拍它，等着被叫进诊疗室。老妈在柜台签完文件之后，就坐到我旁边来。她的鼻子因为等候室里那股混杂的动物气味而微皱起来。

前门开了，我班上一个名叫罗杰·卡森的男生走了进来。他手里拽着一条破破烂烂的狗链，牵着一条金毛犬，他的父母跟在后面。我跟他不太熟，对他印象最深的一点是，整个小学时期他的两只袜子颜色都是不同的。我习惯性地低头看了一眼他的脚，今天他两只袜子都是白色的。他并没有注意到我，他的目光始终没有离开过他的狗。那条狗看起来真的很老了，而且几乎已没有力气把头撑起来。

卡森一家围着他们的狗，拍抚它，完全不理会周围的其他人。我注意到罗杰和他父母以及他们的狗，全都有一头金发，只是颜色深浅不同。我曾听说宠物会越长越像主人。我看了看我抱着的这个浑身灰白相间的家伙，我想这个理论一定不适用于猫，因为我的头发既不是灰的，也不是白的。一位兽医助理急急忙忙地走出来，直接带领罗杰一家进入了诊疗室，而其他比他们先到的人都还在等候。我听到罗杰的爸爸在问罗杰是否真的想待在那里。一分钟之后，屋里传出一阵呜咽，以及一声鲜蓝色的号哭。呜咽的是那条狗。号哭的是罗杰。

"你说过不会伤害它的！"罗杰大叫着，声音之大，让屋外所有的人都听到了,"可是它很痛苦,它在痉挛!你说它会只是睡着了,不会有任何感觉的!"

"那只是针头插进去时,肌肉的条件反射而已。"罗杰的爸爸那低沉的声音穿墙而出。兽医在用具有安抚力的声音说话,可是我听不见她在说些什么。然而,罗杰的号哭既大声又清晰,就像游泳池一样湛蓝。

我抱紧装有芒果的盒子,心里害怕极了,呼吸似乎卡在了喉咙里。等候室里所有的人也都把自己的宠物抱得更紧。老妈把手伸过来,压在我的手上。我闭上眼睛。

狗天堂的众神灵啊,我向你们献上罗杰的金毛犬的灵魂。它是一条好狗,为人们所深爱。

我们一动也不动地坐着,直到罗杰和他的父母走出诊疗室。他们的脸庞又湿又红又肿。不见狗的踪影。罗杰把空空的狗链抓在胸口,捏成了一团紧紧的球。这次他注意到我了,他瞪大了眼睛。我张开嘴巴想说点什么,却找不到该说的话。他朝我轻轻地点头,仿佛他知道我想说的是"哦,我的天啊"。我觉得我的喉咙整个儿关闭了。

回家的路上,老妈和我都没有说什么。刚才医生为芒果打针的时候,芒果表现得很勇敢。医生似乎有点担心芒果的气喘问题,她给了我一种新药,要我每天晚上都喂给它吃,强化它的肺。她提醒我说,这种药可能会让芒果感觉比较疲劳。

"那条狗很老了，"老妈打破我们之间的沉默，"而且可能病得很严重。"

"我知道。"我说，当车窗外的景色由城市变成乡野的时候，我脑海里还在想着那条空荡荡的狗链，"可还是很怪。"

"我知道。"她说。

星期一，当校车停在哈里森中学的门口时，我还在心里默默地祈祷今天会因为地震、海啸或者火山爆发而停课。随便哪一个原因，我都欢迎。在我这个学年的学生，本该是校园里的神气人物——八年级学生可以统治学校！但是我并不想统治任何人，更不想上初级代数和西班牙语课。扎克兴奋地跳下校车，看起来他很高兴自己终于成为一名初中生了。情况本该是相反的，本该是我要因为升上高年级而兴奋，而扎克要躲在他的位子里瑟缩的。我无奈地望着他的背影，随着他走下校车，和珍娜站在校门口台阶的底端，看着来来往往互相打招呼的人们。也许我该多花点心思在我的穿着上。我低头望着身上的白色短裤和蓝色T恤。这看起来也许不够时髦，不过至少一切都是干干净净的。而且我把头发用一只长条发夹别在了后面。我很惊讶珍娜居然穿了一件连衣裙,上面还装饰着粉红的小花。我很少见她穿连衣裙,自我认识她以来,她穿连衣裙的次数我用一只手就数得过来。而今天她的凉鞋甚至还带有一点点鞋跟。

"一样的老学校,一样的老面孔。"珍娜叹了一口气说。

我们看见两个拉拉队员奔向彼此,一边拥抱,一边尖叫。

珍娜摇摇头。"我真不认为她们有必要在开学第一天就穿拉拉队服,我是说,比赛根本还没开始。"

"那不是学校精神之类的嘛。"我告诉她,然后和她一起穿过人群,进入教学楼,"我忘了你有拉拉队员恐惧症了。"

"我没有什么拉拉队员恐惧症,"她坚持道,"我只是觉得'拉拉队'这个概念实在太有性别歧视了,而且很傻。"

就在这时,两个同年级的男生跑过我们身边,急匆匆地边跑边将他们的牛仔裤往上拉。"你看到那个新来的拉拉队员了吗?"其中一名男生对同伴说,"她的身材好火辣!火辣极了!"

珍娜张嘴想要回应,但那两个男生已经跑出走廊了。再说,她能说什么呢?

"我讨厌学校。"走到置物柜旁边时,珍娜咕哝着。

"不,你才不呢。"

"这个嘛，至少我讨厌开学第一天，每个人都想引起别人的注意。"

"这就是为什么你今天穿了连衣裙？"

"我看起来很糟糕吗？"她问，急忙用手整平裙子。

"不，很漂亮。"我说，"我只是从来没有见过这件连衣裙。"

"我爸爸买给我的。"珍娜说着，把午餐袋子丢进置物柜里，"你知道的，这是开学第一天的礼物。我还带了短裤和T恤，等会儿就换上。"

"不，你应该一直穿着连衣裙。"我说，这时上课铃响了，"别忘了找我一起吃午饭。"

"我什么时候忘记过？"她大叫着跑出走廊，往她的点名教室奔去。

点名课之后，我的第一堂课是美国历史。历史是我最喜爱的科目之一，因为我的成绩很不错。一旦我知道了某个事件的发生日期，根据它的颜色我就能轻轻松松地记住它。我也是用同样的方式来记住人名的。

来上课前我曾听到传言，说美国历史课的任课教师莫里斯夫人性格很古怪，现在我可以说，这些传言都是真的了。莫里斯夫人对细菌有诡异的恐惧症，她一进教室，就立下了规矩。

首先,她站在黑板旁边,从她的眼镜后面警惕地审视着我们。然后她说:"坐在第一排的同学,拿起你们的书本,移到后面去。你们必须保持第一排桌子清空。"坐在第一排的同学遵从了她的命令。一个男生低声抱怨着,说他不久前才体检过,他身上并没有长虱子。

接下来,莫里斯夫人走到她的桌子旁,指着两个用铁丝编成的篮子说:"你们每天都必须把家庭作业分成两堆:如果你当天患有感冒,就把作业放进标有'生病'字样的篮子里。你们在上课之前也必须洗手,用肥皂洗。这听起来也许很夸张,但是人生除了神坚虔诚之外,第一件重要的事情就是清洁。"她讲话时最糟糕的一点,是她的音调又高又尖,会在她身后产生铁锈色的螺旋,像雨点般纷纷落下。

我的下一堂课是英文。我立刻就喜欢上了任课老师西德勒先生。这是他第一年教英文,他看起来似乎很紧张。坐在我后面的女生名叫米歇尔,她爸爸拥有镇上最大的五金商行。这会儿她正在我耳边吹破她的泡泡糖。当英文老师在抽屉里翻找点名簿时,她拍拍我的肩,指指她桌上的一本书。我看到那书的棕色书皮上写着"英文课"等字样。

"我们有暑假阅读作业吗?"我担心地问她。

她摇摇头,诡异地一笑。"这不是教科书,"她小声地说,"这是一本言情小说。我包这个封皮,是为了骗人的。"

我松了一口气,说:"这个主意真不错。"然后我就转过身来,在纸上写下提醒自己的字句:千万别找米歇尔当学伴。这时英文老师要我们排好队,到他的桌上领取阅读书单上的第一本书《苍蝇王》。为什么他会要我们读一本有关苍蝇的书?我真是百思不解。

午餐时间,一群男生互相挑战,看谁敢吃最恶心的自助餐组合食物。打闹中,一个男生不小心吞下了一枚硬币,被带到校医那里去了。珍娜和我与一群女生坐在一起吃午餐,我们从四年级开始就经常和这群女生坐在一起吃饭了。金柏莉与莫莉两人是最好的朋友,但却彼此竞争;莎拉则是个既安静又严肃的女孩。一如往常,当我们坐下的时候,莎拉把鼻子埋在书本里。金柏莉说着她是如何进入资优数学班的,以及下一学年她就可以领先所有的九年级学生。我望了莫莉一眼,看她是否有任何可以占上风的事迹,却惊讶地注意到她正忙着关注在夏天里长大的胸部。她穿着一件紧身短上衣,我立刻明白,她根本无意隐藏她的胸部。我看到珍娜也在注视她。莫莉起身去拿吸管,我发誓,当她经过每张桌子旁时,至少会有一个男生抬头看。金柏莉扬起她那尖尖的下巴,看起来不怎么高兴。莎拉的脸上则有一抹得意的微笑。

我看着莫莉穿梭在桌子迷宫里,但我是透过各种颜色聚集成的色块来看她的,那些色块就像被泡涨的燕麦片一样。一百个孩子的谈笑声,还有各种音乐播放器的声音回荡在包着亚麻布壁毡的墙壁间,使得整个餐厅的空气中都充满拼贴的色块。这使得我无法放松,不能好好地和我的朋友交谈,可是余下唯一的选择是独自坐在外头,而我也不愿意那样。

用完午餐,我和莎拉一起走向初级代数课的教室。我必须小跑才能跟上她的脚步。"嘿,莎拉,如果我们每往前走两步,就往后退一步,应该也很好玩的吧?"

她完全没有放慢脚步的意思。"我们为什么要那么做?"她问,"说老实话,那样我们就会迟到了,米雅。你只有一次机会可以营造第一印象。"

这话是谁说的啊?我放慢了脚步,莎拉还继续保持着她那会扭断脖子的速度。我在铃响之前刚好抵达教室,任课教师已经在黑板上写出数学公式了。我的心不禁往下一沉。我就是不明白该怎么解题。通常字母 x 是亮丽的褐紫红色,就像成熟的樱桃一样。可这里的 x 代表的却是一个未知数。我又不能自己为 x 指定褐紫红色以外的颜色,而且并没有任何褐紫红色的数字存在。没有颜色,我就不知道该怎么进行。我迷失在一片灰色的色块里,想要发出沮丧的尖叫。我假装在笔记本上演算这道数学题。当教室里

举满抢答的手时，我所能写的只有：x 等于救命。

那种迷惑与愤怒混合而成的情绪，对我来说实在是太熟悉了，我的心里开始再次涌起泡泡：咕噜，咕噜，咕噜。

西班牙语课也没好到哪里去。我试着把英文单词的颜色与西班牙语单词对应起来。英语的"哈啰 (hello)"与西班牙语的"哈啰 (hola)"可以对得起来。英语的"母亲 (mother)"与西班牙语的"母亲 (madre)"对应得有点勉强，但就我所记得的，这两个单词已经够接近了。英语的"男孩 (boy)"与西班牙语的"男孩 (chico)"一点也对不上。"女孩 (girl 与 chica)"以及"好的 (good 与 bueno)"也是相差甚远。"再见 (good-bye 与 adiós)"可以不必强记，至少我认识这个字。

开学第一天，唯一还算称心如意的是我的最后一堂课。我踏进美术教室，挑选了一把工作桌旁的高脚椅，立刻就觉得自己仿佛回到家了。今年这堂课的学生也是经过老师的同意才能进来的，就像去年与前年一样。能够来这堂课的，老是同一批学生。正当我环顾教室的时候，一位年轻的女士走了进来，腋下还挟着一大叠书。她让我们叫她凯伦。就只有凯伦。这个名字是柔和的李子色，夹杂着黄色的小斑点。我花了一分钟的时间，才反应过来她就是老师。坐在我邻桌的女生举起手提问。正在发送书本的凯伦抬起头来看着她。

"那个,辛普森夫人发生什么事了?"她小心翼翼地问。

我也正在纳闷这件事。辛普森夫人担任美术老师的时间已经有三十年左右了。

凯伦看了一下全班同学,叹了一口气说:"辛普森夫人去一个更好的地方了。"

"她死了?!"那个女生惊恐地大叫。

全班同学顿时倒抽一口气。我抓紧了桌子的边缘。

凯伦赶紧摇摇头解释道:"不,不。她调到高中部去了,现在在那里教美术。我的教学方法跟她有一点点不一样,可是我有预感,你们一定会很喜欢的。"

每个人都松了一口气。估计辛普森夫人在高中教书会更快乐吧。以前她老是低声抱怨,说初中生是一群荷尔蒙分泌过盛的狂人。虽然我觉得,高中生的荷尔蒙分泌情况可能会更糟糕。

凯伦告诉我们,要从新的美术课本里挑选出一名我们想模仿其风格的艺术家。她说,借由研究别人的艺术风格,我们可以更了解自己的风格。我宁愿希望我已经有了自己的风格。不过我想,研究别人的风格,应该也不会有什么损失吧!我一页页地翻看着这本书,但却并没有看到特别喜欢的艺术家。

放学的时候,我和珍娜在她的置物柜前会合。自从我们的年纪大到可以拥有置物柜以来,我们每天放学都在她的置物柜前会合。她仍然穿着连衣裙,但已经换掉凉鞋,穿上了运动鞋。

"这个必须拿掉,"她说着,一把扯下两年来一直贴在她置物柜里的海报,"男孩乐团的时代已经过去了,真不知道我以前在想什么!"

经过我的历史教室时,珍娜低下头来,把那团海报丢进了垃圾桶里。这时我的脑海中形成了一个计划。我凑过身去,在她耳边小声地说:"犯罪同伙任务。"

她点点头,等候指令。

"你在门边守着。"我告诉她,"如果有人来了,你就把书包丢在地上。"

"好的,但是要快哦!我可不想在开学第一天就错过校车。"

我左右张望一下,然后冲进教室里,径直跑到老师的桌子旁,迅速地调换了标有"生病"与"健康"两个篮子里的作业。

"任务完成!"我回来的时候这么宣布。我们转身跑出去,来到校车等候我们的地方。搞清楚我们该搭的校车之后,珍娜先爬上了车。当我爬到台阶最上方时,我听见一个小小的声音叫道:"嗨,米雅!"我及时转过身去,看到比利·亨克尔坐在一辆过路的汽车里,从窗户里兴奋地朝我挥手。他一定是有个哥哥或姐姐也在这里读中学!等我回过神来向他挥手的时候,校车司机已经关上了我身后的门。珍娜挑了一个靠后的座位,我跟在她后面,溜进座位里。我很难集中注意力去专心地听她在说什么。如果我假装自己从来没有遇见过比利,并且忘记一切有关颜色的事情,也许我会比较容易专心听她说话。当校车驶入乡间时,我决定试一试。我决心要变得正常,好让大家在字典里查阅"正常"这个词汇时,会看到我的名字也列在那里。

云雾状的彩色空气

开学才两个星期,我已经有两次数学小考不及格了。我得到的分数是一个鲜紫色的大写F。数学老师发的成绩通知单,简直要在我的后裤兜里烧出一个洞来了。我知道我应该把它交给爸妈,可是我却坐在厨房的桌边,强迫自己写完剩下的作业。扎克正在解答他六年级的长除法,一边解题,一边哼歌。贝思宣称她没有任何作业,此刻正在月光下搜集草药。我不记得以前曾经看到过贝思到树林里去,她不是那种喜欢户外活动的人。那实在很悲哀,尤其是我们家就在被旷野与树林所环绕的地方。芒果趴在我大腿上。我抚摸它的时候,它一直呼噜呼噜的。

我读完了《苍蝇王》的第三章,原来这本书讲的根本不是苍蝇。我忍不住一直打呵欠。阅读常常令我觉得很疲惫,因为有时候我会被那些字句所产生的彩虹般的颜色干扰,不得不反复地重读一整段。

"你打呵欠的时候,真应该把嘴巴捂起来。"扎克说。

"为什么?我们又不在公众场合。"

他耸耸肩,继续做他的功课:"那是你的灵魂,不是我的。"

"我的灵魂?"我问,"你什么时候又知道有关灵魂的事了?"

"哦,我当然知道有关灵魂的事,"他严肃地说,"而且我还知道,如果你打呵欠不捂嘴巴,你的灵魂就会从嘴里跳出来。"

我盯着他问道:"你从哪里听来的?又是从网络上?"

"这是常识。"他说。

"你真的很古怪,扎克。"

"谢谢。"

"这可不是恭维。"我提醒他。

"这对我来说就是恭维。"他说。

我回过头来看着眼前的数学公式。盯着那些灰色圈圈整整五分钟之后,我终于愤怒地把铅笔丢向房间的另一头。芒果从我的腿上跳下来,意兴阑珊地追逐着那支铅笔,然

后就趴下来，清理它自己。我不是一个笨蛋，我知道我不是。可为什么我解不开这道基本的数学题呢？

扎克惊讶地偷瞄我。

"有什么不对劲吗？"他问。至少我以为他是这么说的。沮丧的情绪遮盖了一切，我所能专注的，就只有胸腔里那股诡异的沉重感。我心里不断涌出的泡沫，已经愈来愈多。我可以感觉得到它已经升到了表面。咕噜，咕噜，即将爆发！嘶嘶嘶，然后，砰！试着变得正常，要付出的代价可真大。我坚持不了太久了。

我把椅子往后推，努力忽视掉椅子腿在地板上刮磨的声音，那个声音是红锈的颜色，它让我想起干掉的血。我大步走进起居室。爸妈正坐在沙发上，讨论着是否该担心贝思的新嗜好。看到我，他们立刻停止了谈话。

好的，深呼吸，开始吧！把它说出来就好。我真希望此刻爷爷也在这里，他会知道该怎么做的。

"我必须告诉你们一件事。"只是说出了这几个字，我就无法让我的嘴唇再继续动作了。

爸妈在等着我往下说，但我几乎要打退堂鼓了。可刚刚那一声"砰"仍然在我耳中回荡。我别无选择，只好提醒他们有关我生命中的一次意外，我本来希望每个人都能忘掉那场意外的。我又深吸了一口气，说道："你们还记得我三年级的时候,有一次你们被叫到校长室去把我领回来吗?"

他们回忆了几秒钟,然后我老爸说:"是不是有关粉笔的事情?"

"对,"我说,"粉笔。"说出这个词的时候,我嘴巴里仿佛尝到了粉笔的味道,喉咙里仿佛感觉到它在搔痒。

"怎么了?"老妈问。

"呃,记得我告诉大家,说整件事都是我编造出来的吗?"

"我记不太清了,"她说,"这究竟是怎么回事,米雅?"

"呃,事实是,"我开始交代,我已无法回头了,"我并没有说谎。数字对我来说,的确有颜色。字母和声音也是。"

他们盯着我的眼神,是那种我熟悉的"米雅又长出了另一个头"的眼神,可是我必须说下去。我一边说话,一边在屋子里跳来跳去。每说出一个字,都能使我的心情轻快一点点。

"我本来以为每个人都看得到这些颜色,直到三年级的时候,我才知道只有我能看见。"我的脑中闪过比利的脸,但这会儿我不想让事情变得更困惑,"我想,我应该在成绩单上得到两个F之前,就告诉你们这件事的。"我把手伸进口袋,把那张皱巴巴的纸交给老妈,"你们必须在这上面签名。"

当他们一起看成绩单时,我跌坐在他们面前的扶手椅上,等着他们的反应。我并没有等太久。

"这整件事只是个玩笑吧？用来为你的数学成绩不好找借口？"老妈皱着眉，问道，"因为这件事发生在三年级时，一点也不好玩；如果发生在现在，也不会好玩。"

"这不是玩笑，妈。"我回答，同时咬紧了牙根。

老爸端详了我一分钟："你是说你有幻觉？"

我摇摇头："不是那样。"

"幻觉的意思是，你想象自己看到了不存在的事物。"老爸补充道。

我努力告诉自己不能失去耐性。"我知道那个词是什么意思，爸。但我并不是想象出来的。我看到的颜色是千真万确的，就像这幢房子一样真实。"

"你看到的究竟是什么颜色？"老妈问。我看得出，她并不确定我是否在说谎。

我试着用最简单的方式来描述它。"每个字母和数字都有它自己的颜色，"我解释道，"例如字母k是土耳其蓝，不论我想到它、读到它或听到它，都是一样的。它就在那里，就在我脑子里，像白天一样明白、清楚。"

他们继续盯着我，我开始局促不安。

"声音也有颜色，"我说，我想我此刻已经不需要再有所保留了，"音调很高的声音，颜色是最鲜明的。当我听到一个噪音的时候，我能看到颜色与形状跟着……"

"形状？"老爸惊讶地打断我的话。

"是的，形状。"我说，"颜色会呈几何形状出现，例如漩涡状、球状或者锯齿状，等等。有时候甚至只是一阵云雾状的彩色空气。"

"那不会挡住你的视线吗？"老妈焦急地问道，"会不会痛？"

我对这两个问题都以摇头回应。"不，其实不太像那样，它比较像是……"

"这都是你的错！"我还没把话讲完，老妈就冲老爸吼了起来。

"我的错？"老爸从沙发椅上跳了起来，"你怎么能把这件事怪罪到我头上？"

"都是60年代的那些违禁品！"老妈控诉着。

"什么违禁品？"老爸气急败坏地说，"我在60年代压根儿没碰过违禁品。"

"我也没有。"老妈说。

"我没说你有。"

这场对话已经出现了一个意料之外的大转折，我的头像在两块球拍之间跳来跳去的乒乓球一样，来来回回地望着他们。

"你哥哥有乱吃药。"老妈据理力争地说，不愿意在这场辩论中认输。

"那跟我有什么关系?或者跟米雅有什么关系?"老爸质问。

"也许是你无意中接触了一些违禁品,然后传给她!"老妈说,"或者,或者……"

"或者,这是你那发疯的波莉姨妈的错!"老爸回答,"也许米雅是从她那里遗传了什么。"

"我的波莉姨妈没有发疯,"老妈的语气带着防卫性,"她只是有点怪异而已。这根本无关于……"

"我就知道你们会觉得我疯了。"我试着稳住我的声音。老爸和老妈对望了一眼,两人的脸庞顿时变得柔和起来。

"我们并没有认为你疯了,米雅,"老爸说道,再次坐下来,"我们只是不了解。"他把手伸过来,抓住我的手,"你记不记得这种情形是什么时候开始的?"

"一直都是这样的。"我告诉他。我的内心仍在因为他们刚才的话而疼痛。

"我知道这一切是怎么回事了!"老妈突然兴奋地说,"一定是你以前常玩的那些积木。你知道的,就是那些画有彩色字母的积木啊!"

"呃?"我迷茫地看着她。

"你很可能是在婴儿时期就记住那些彩色字母了,"她说,"从那之后,你就一直将颜色与字母以及数字联想在一起。"

我思索了一秒钟,然后摇摇头。"不是那样的,"我说,"那无法解释……"

"我去地下室把那些积木找出来,"她不理会我,"我确定它们还在旧玩具箱里。"

我都来不及阻止她,她就跑开了。老爸和我只好沉默地互望,在慢得令人难以忍受的时间中等她回来。

老妈抱着一堆蒙尘的积木跑回来了,急急地把其中一块举到我面前。那是字母 q,刻在积木的每一面,颜色是褪色的红色。"这是什么颜色?"她问。

"红色。"我告诉她。

"瞧!"她高兴地说,"我说得没错!"

"这块积木上的 q 是红色的,但是我脑子里的 q 是深银色的,跟老爸的直升机的颜色一样。"我说。

老妈什么话也没有说,只是拿着积木在她手心里一直翻转。

"好吧,"在一阵长久的静默之后,老爸终于开口,"我们去找伦道夫医生好了,我相信他一定有办法的。"

这些年来,伦道夫医生都一直为镇上的小孩子治疗大小百病,从水痘到骨折。他心肠很好,可是他年纪愈来愈大了,而且有一点健忘。近几年来，他都把我叫成贝思。我甚至曾经听见他把扎克也叫成贝思，扎克当然立刻否认了。

"爸，我们上次去看伦道夫医生的时候，你说他再也不是最管用的了。"

"别管那个了，"他说，"我们必须先找个地方开始。我现在就打电话给他。"

老爸走进厨房，打开那个上面贴有紧急电话号码的柜子。老妈仍然盯着积木，仿佛想看到我所看到的东西。我知道看到的事物和别人不一样，尤其是像我这样，和其他每个人都不一样，是一件多么令人沮丧的事情。我为她感到难过。

我必须去喂芒果吃药了，于是我起身打算离开。老妈终于把目光从积木上移开，神情严肃地看着我。

"为什么你不早一点告诉我们？"她问，听起来似乎很受伤。

我的喉咙一紧。"我试过啊，在三年级的时候。当时没有人相信我，记得吗？"

"我很高兴你现在告诉我们了。"她伸出手来拥抱我。这种感觉很好，老妈不是那种会经常用身体碰触来表达感情的人。

"我们会找出问题的根源的，"她向我保证，"不要担心。"

我点点头，转身离开了，让她尽情地把那块写有9的积木拿到灯光下研究。

芒果正在我床上睡觉，心满意足地发出它芒果色的喘息。我一打开鲔鱼口味的猫饼干盒子，它就立刻弹跳了起来。如果没有颜色，芒果的喘息就会是普通的喘息，而不再是能安抚人心的芒果色喘息。我值得为了好成绩而放弃这独特的芒果色喘息吗？我想我是别无选择了。毕竟，其他人看不见这些颜色，日子好像也都还过得去。芒果囫囵吞枣地把猫饼干吞下去，丝毫没有怀疑其中藏了一颗药丸。它太容易信任别人了。我又给了它几块没有夹藏药丸的猫饼干，然后它当着我的面打了个大呵欠，我赶紧挥开它那带着恶心鲔鱼气味的呼吸。

那天晚上，我早早地就上床睡觉了。我梦见伦道夫医生把芒果变成了一叠布满灰尘的积木。每次我把这些积木叠起来，总会有人来把它们推倒。

我每次都来不及转身看看，究竟是谁推倒的。

第二天早上，爸妈还是没有接到伦道夫医生的回电，他们决定先把我送到学校。在校车上，我随手翻阅着美术课本，结果发现了一名我之前从未见过的艺术家。我立刻就决定选择这位艺术家来模仿。他的名字是康定斯基[①]，他在画作里使用的形状，和我听到噪音时所看到的形状很相似。他画里的图像全都扭曲在一起，而且相互重叠，就像我听到由不同乐器合奏的音乐时一样。他使用的颜色比较单调，比我通常看到的更基础，不过已经十分接近了。

历史课上，我们被分成了四组，每一组都必须在特定的时间内展示出一份大型作业。这份作业必须以美国历史上的一个重大事件为基础，而且必须是美国人宁愿忘掉的事件。罗杰·卡森在我这一组，另外还有乔纳·芬利，以及劳拉·霍夫逊，她总是班上第一个主动回答问题的人。罗杰和我互望了一眼，他很快就低下头，盯着他的桌子。按照程序我们应该在课外的时间聚会，以决定作业的题目。这门课一半的成绩将取决于这项作业，不过似乎还没有人急着想做计划。至少我不急。这份作业的截止日期是感恩节，似乎离现在还很远。

午餐时间，珍娜告诉我们，她打算为她十一月的生日举办一场男生女生都来参加的生日宴会。莫莉开始一个个指出那些她觉得应该被邀请的男生。这时，学校的辅导老师

[①] 康定斯基（1866~1944）：俄罗斯画家，美术理论家，现代抽象艺术在理论和实践上的奠基人，被称为现代艺术的伟大人物之一。

突然出现在我们的桌子旁。

"你是米雅·温切尔吧?"她问我。

我惊讶地点点头。我做错了什么事吗?难道是我把历史作业放错篮子了?

"你妈妈来了,"她告诉我,然后又压低声音说,"她说你和你的医生有个约诊。"

我赶紧收拾我的书本,辅导老师在一旁等着。

"没什么事,"我向我的朋友们保证,"待会儿见。"

老妈在校门口的台阶上等着,跟我说伦道夫医生已经答应立刻见我。不知道为什么,贝思竟坐在车子的前座,刚染好的红头发在阳光下散发出不自然的光芒。

"她在这里做什么?"我问。

"她的手臂和双腿都碰到毒藤了。"老妈一边说,一边打开后座的车门,"对她讲话要客气点。"

我滑进车子后座,俯身向前,发现贝思的双臂都戴着长筒袜。"那么,你的草药采集任务进行得如何了?"

"闭嘴。"

"你难道不能施个魔法,把那些毒藤都变走吗?"我继续追问。

"妈!"贝思嚷道。

"米雅!"老妈向我提出警告。

我坐回我的座位。"抱歉。"

贝思回过头来看着我。"你又为什么要去看伦道夫医生呢？你看起来不像是生病了。"

我不知道该怎么回答。所幸老妈及时开口，说我只是去做例行检查。贝思似乎不太相信，但也没再追问，而是开始隔着袜子挠她的手背。老妈告诉她别再挠了，否则会留下疤痕。贝思一听老妈这么说，立刻不挠了。

伦道夫医生的等候室让我想起宠物医院的等候室，只不过这里挤满了小孩，而不是动物。有一群小孩正在玩玩具火车和积木，一个小婴儿被抱在妈妈怀里。我捂住耳朵，想缓和这群婴幼儿的尖声怪叫带给我的冲击，却仍然无法阻止银色的箭矛在屋内四处飞窜。我真希望每个人都能看得见它们，那样至少不会只有我一个人捂住耳朵。我实在很怕到诊疗室里面之后，必须再把一切解释一遍。

我们三人找了个地方坐下，尽可能地远离那场混乱。贝思又开始抓痒了。我小心地避免与她靠得太近。

"为什么你还要带我们来看婴幼儿医生？"贝思问老妈。我也正在纳闷同样的事情。

老妈皱皱眉。"伦道夫医生是位小儿科医生，"她说，"那表示他为所有年龄的儿童看病，包括十六岁的和十三岁的。"

贝思终于被叫进去了，老妈也站起身，打算跟着她。

"没问题的,"贝思告诉她,"我自己去就行了。"老妈坐回椅子里,叹了一口气。

"对了,米雅,我今天早上跟你的数学老师谈过话。"

我试着不去理会那个把手搭在我球鞋上的小婴儿。"你跟她谈过?她说了什么?"

"她不明白你为什么会在数学上有这么多困难,因为你在其他课堂上的表现都很好。她说,你如果不能提高成绩,明年就必须上暑期班。"

"你在开玩笑吧?"

"我也希望我是在开玩笑。"

"那我该怎么办?"我问。没有什么事比暑期班更糟了。

"我们会想出办法的,"她保证,"我会跟你一起做作业。"

我实在不敢告诉她那样做也不会有任何帮助。我其实知道要怎么做才能解开那些数学题,我只是中间会出乱子罢了。

十分钟之后,贝思回来了,身上涂满了粉红色的乳液,手里抓着一张处方笺。她看起来不怎么高兴。护士从门内探出头来,示意我进去。我等着老妈跟我一起进去,我绝对不要自己一个人进去。

伦道夫医生在诊疗室里接待我们。我一蹦坐到桌子上,等着他把我的毛病治好。他一向都能把我的病治好。他翻阅完我的病历表之后,转身面向我。

"嗨，米雅，"他微笑着，那是友善的社区医生的典型微笑，"你今天好吗？"

我望着老妈，她示意我快回答。

"我很好。"我说。我松了一口气，他居然还记得我的名字。

"你爸爸跟我说过你的情形了，"他说，"而我必须承认，连我也觉得很困惑。"

我的肩膀垮了下来，老妈的脸也垮了一些。

"不过，我会尽全力找出问题所在的。"他说。于是我允许自己再重燃那么一丁点儿希望。

他继续为我做例行性的检查，检查我的耳朵、眼睛、喉咙，以及反射动作。他用冷冰冰的听诊器听我的肺，甚至还在我脚上搔痒，看我是不是有感觉。我确实有感觉。

然后他问我是否已经有月经了。

我感觉脸颊开始发烫。我看不出来这有什么关联。"还没有。"我答道，把目光移往别处。我们班上许多女生都已经开始有月经了，但就我所知，根本没有必要急着跨越那道成为女人的门槛。月经并没有让贝思成为一个更和善的人。五年级的那一天，所有的男生都被带出教室去踢球，而女生必须学习有关成为女人的事情。自从那一天起，珍娜和我就发誓我们绝对不要有月经。目前为止，一切都如我们所愿。

伦道夫医生在他的本子上记了一些笔记,然后摇了摇头。接着,他帮我量体重、量身高,还叫我向前弯腰,好看看我的脊椎是不是直的。我频频向老妈使眼色,可是她一直挂着一副要我保持耐心的表情。

突然间,伦道夫医生猛地把门打开,然后又重重地摔上,把老妈和我都吓得跳了起来。

伦道夫医生转向我。"那么,"他问道,"你刚刚看到了什么?"

我花了几秒钟,才明白这是一个测验。"我看到了棕色的圆圈。"我说。

"在哪里?"他问。

"离我不到一米远,在空中。"

"它们就悬在空中?"他问。

他的声音里透露着一丝不信任?"就悬在那里。"我说。

"它们还在那里吗?"他继续问,朝老妈眨了眨眼。

"没有,"我告诉他,"那些颜色和形状大概两秒钟就会消失,除非噪音继续产生。"

"医生这个词是什么颜色?"他问。

我毫不犹豫地回答:"它主要是接近粉红色的紫色,因为那是字母 d 的颜色,而其他字母的颜色会为它增加一点金色。噢,而且它有点像颗粒状。"

"还有其他的吗?"他显得有点不耐烦了。

我思考了一分钟。"没有了,就这样。"我交叉着手臂,等候下一个问题。结果他并没有问问题,而是示意老妈跟着他到外面走廊去一下。我很想知道,我是不是没有通过这个测验。

一分钟后,他们回来了。"好吧,贝思,"伦道夫医生开口说道,"我想你最好能——"

"米雅。"我纠正他,不理会老妈正对我瞪眼睛。

"什么?"他问。

"我的名字,"我清楚地说,"我的名字是米雅。"

"当然当然。"他的语气透着防卫性,"现在,就像我刚刚跟你妈妈说过的,我认为你最好能去看看心理医生。我会把一名年轻女士的电话给你妈妈,我相信她一定能帮助你。"说完,他就送我们出门,让我们回到走廊上。

我的头垂得低低的,觉得很泄气,仿佛空气正从我体内一点一点地流泻出去。"是不是他也觉得我疯了?"当我们回到嘈杂的等候室时,我对老妈说。

"不,他没有,"老妈轻柔地说,以免被贝思听到,"他只是想帮忙。"贝思一看到我们,就跳上前来。当我们一起走向车子的时候,凝成了屑的乳液从她身上飘落下来。要不是我正忙着为自己感到难过,我一定会为她哀悼的。

"如果伦道夫医生不是觉得我发疯了,那他为什么要叫我去看心理医生?"在走向学校大门的途中,我问老妈,"我看过电视,知道心理医生是做什么的。"

"伦道夫医生只是希望你能好起来,他相信这是下一步。"

"他刚刚又把我叫成贝思了。"我提醒老妈。

"情况还没那么糟,"她转身离开,"毕竟他还没把你叫成扎克。"

此时此刻,我宁愿被叫成任何名字,也不愿意被看成是一个疯子。我自己说自己疯了是一回事。但如果一个医生说我疯了,就完全是另一回事了。

我拉开沉重的学校大门,就在这个时候,第六节课的下课铃声响起了。

我挤入人群中,努力找路前往我的体育课地点。在操场里跑上几圈,往往会让我的心情好很多。我飞快地换上体育服,第一个抵达操场。我也许真的是疯了,但至少还可以跑得很快。其他同学终于排队走出来了,整个操场跑道挤满了人。当我在跑道上经过罗杰身边时,我判断出他一定是已经过了穿两只不同袜子的阶段。就在我注意到这件事的时候,他跌倒了,重重地摔倒在地上。两个同学扶着他离开操场,回到室内。我换下体育服之后,发现他正坐在漂白剂箱子上,左脚脚踝上敷着冰袋。

"你还好吗?"我问。

他抬起头,微微一笑。"我的脚踝扭得很严重,可能是扭伤了。"

"如果你是因为不想上体育课,其实还有其他更简单的办法。"

他又微笑了一下。我想他一定是最近才把牙套拿掉,因为他的牙齿看起来很整齐。

"我们必须找时间聚会,讨论一下历史作业的事。"他说着,冰袋开始下滑,他赶紧把它捞回来放稳,"我给你电话号码,我们可以在电话里商量聚会时间。"他用一只手伸到书包里,摸索铅笔。我注意到他的书包里有一本《纳尼亚传奇》。

"你读完这套书了吗?"当他把那本书拿出来垫在纸下,写他的电话号码时,我开口问他。

"至少看了十遍,"他说着,把那张写有电话号码的纸交给我,"这是我最爱看的一套书。你看过了吗?"

"我只看了第一册,"我告诉他,"我不是很爱看书。"

他的脸上掠过一丝失望。不知道为什么,我觉得有必要解释一下。"有时候,阅读对我来说是很困难的,不是我不喜欢阅读。"

"噢。"罗杰说,显然不知道该说什么。这时下课铃响了,把我们两个都吓了一跳。

"今晚打电话给我,讨论作业的事情,好吗?"

我点点头,快步跑出体育馆。我不能想象自己会很快打电话给他。

放学后,珍娜在校车上很努力地想从我这里打探出一些消息。她谈论天气,说天气应该再凉爽一些。她告诉我,她的体育老师要他们班上的女生为橄榄球队的男生担任拉拉队员,她打算提出申诉。

从校车上下来之后,她再也控制不住了。"我知道,如果有什么事不对劲的话,你一定会告诉我的,"她说,"因为最好的朋友会同彼此分享一切,对不对?"

"我们可以晚些时候再谈吗?"我说,"这个故事有点长,而且我必须先做美术作业。"

"只要告诉我一件事就好了:你生病了吗?"

"不,我没有生病。"我有吗?"我保证稍后会把一切告诉你。"

"稍后是什么时候?"她问。

"这个周末吧。"我听见自己这么说。

"好吧。"她不太情愿地说,"我会要你兑现诺言的哦。"

"我知道。"我说,心里琢磨着她有没有可能会忘记这件事。不太可能吧。

回到家后,我把自己锁在房间里,支起我的画架。房顶上,老爸仿佛听到演奏提示般,又开始敲打榔头。如果我要模仿康定斯基的画作,我就必须把那些形状引出来。我打开收音机,聆听一个重摇滚乐团的歌,同时还播放了一卷描述暴风雨的音乐卡带。那些形状一如往常般奔跳出来,我开始作画。幸好这份作业是在学年一开始就布置下来了。毕竟,如果我真的可以找到一个能把我治好的医生,这些颜色和形状就可能不会跟着我太久了。我应该为了"后人(posterity)"而把它们记录下来。"后人"这个字眼是我最近才学到的,意思是指那些出生在你之后多年的人。这个词与"后部(posterior)"不一样,"后部"指的是你的屁股。

我非常专心,画得很快,以便跟上那些快速变换的影像。因为每当我试图在脑海中捕捉一个形状时,它就会消失不见,变成另一个形状。一个小时之后,我后退一步,欣赏我的进展。这幅画看起来确实很像康定斯基的作品。但我想康定斯基一定不曾因为这些噪音而头痛不已!我一直画,一直画,直到把画布上的所有空间都几乎填满了。最后我终于关掉了音乐的时候,画布上的成果令我大大地松了口气。我躺在床上，让寂静渗入体内，就像一阵凉爽的微风。

星期六下午来得实在太快了。珍娜一直在焦急地等着我开口讲话。灰色的天空看起来有一点吓人。当我们在树林边缘寻找那棵我们最爱的树时，我时不时地抬头望一眼天空。几年前的夏天，我们用我老爸的小刀在这棵树干的软树皮上，刻下了"这是米雅和珍娜的树，走开"。此刻，我的手指再次从这几个字上轻轻划过。我们最早的犯罪同伙任务之一，就是从我老爸的工具箱里偷出小刀，然后趁未被发现之前将它放回去。

我们坐到了树上。珍娜前后左右地摆荡着她的双脚，一言不发地期待着我开口说话。我真希望能告诉她说我已经被治好了，这样我就不用描述细节了，但是我还没有去看那位心理医生。镇上显然还有很多人有精神问题，因为我的就诊时间居然被排到了下星期一。

我看着蚂蚁整齐地排队进入我脚边的蚂蚁洞。我提醒自己，珍娜和我已经认识很久很久了，她比我自己的姐妹还要亲。确实我们要亲密许多。我张开嘴巴，逼迫自己开始说话。我几乎没有换气，一口气告诉她有关我看到的颜

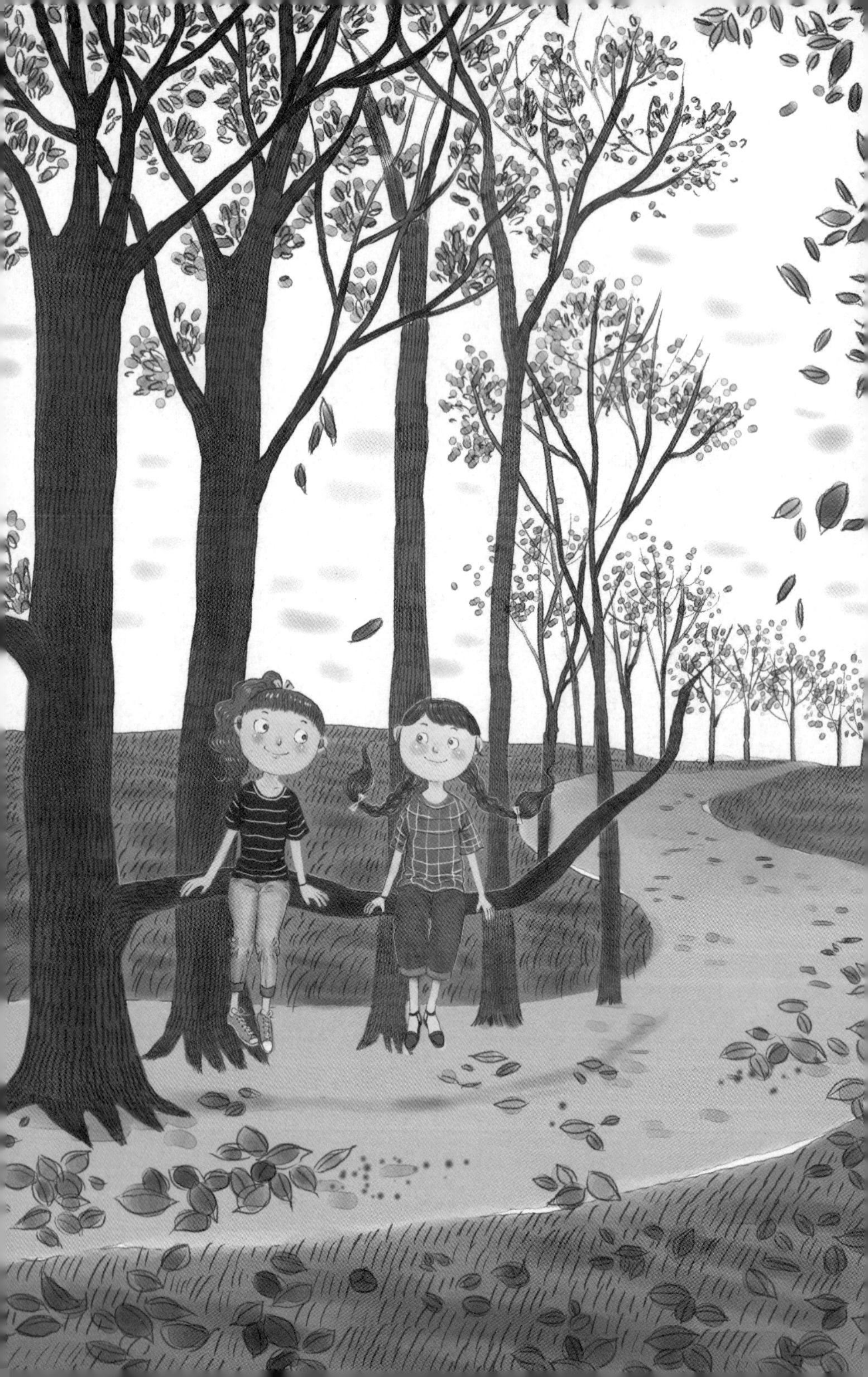

色,以及我本以为大家看到的都是这样的,结果发现没有别人看到的是这样时,我觉得多么孤单和困惑。我告诉她说,三年级时我被爸妈领回家的那次,我并没有说谎。她一句话也没说,所以我就继续滔滔不绝地说下去,激动得双手在空中挥舞。"我一直想跟你说,你的姓的颜色和质地就像潮湿的青草,你的名字是偏紫的粉红色与白色,就像薄荷糖的颜色一样。青草和薄荷,很不错吧?"当我真正说起这些事的时候,我才发现珍娜有多么冷静。我很纳闷这些年来我为什么会害怕告诉她事情的真相。我等待着她的回应。可是当她做出回应时,我吓得几乎从树上跌落下来。

她突然开始放声大哭。

"珍娜?"我瞪大了眼睛,"你怎么了?"

她把脸别开,抬起手背擦拭眼睛,泪水从脸颊上滑了下来。她抽泣着,反复抹着眼睛。看着她的样子,我感到全然无助。终于她再次把脸转向我。

"我不敢相信,这些年来你居然一直跟我隐瞒这件事!"她的声音里有一种让我感到陌生的严厉,"可我每件事都对你说,每件事!你为什么不早些告诉我?"

我被她的反应吓到了,讲出来的话都有些语无伦次:"可是没有人知道……我对每个人都隐瞒了。我已经习惯保守这个秘密了,请你不要认为我是针对你的。"我几乎是在哀求她。

她站起身,从树上跳下来,说:"我怎么能不这么认为呢?我以为你是我最好的朋友啊!"

"我是啊,"我也从树上跳了下来,说,"而你也是我最好的朋友。我们是犯罪同伙啊!"我的眼睛里充满了泪水。这一切都不像我所预期的那样,我的头开始晕眩。

"也许你根本不知道什么叫做最好的朋友。"她移开了几步。

我张大了嘴。"也许是你不知道。我以为,如果这世界上只有一个人能理解我,那应该就是你才对。"

"哼,我不理解,"她生气地说,"我不理解为什么你在三年级的时候不告诉我。或者四年级。或者七年级。我们向来都是一起对抗这个世界的。我猜,你一定还有很多事情没告诉我。"

"没有了。"我坚持道。珍娜和我从来都没有吵过架,从来没有。我能感觉到我的手开始颤抖。

"我回家了!"珍娜突然说道。她沿着回家的小路疯狂地跑起来。我跟着她跑到树林的边缘,期待着她能回头望一下,但她并没有回头。我对此很震惊,不知道该作何感想。当我走回家的时候,我决定采取愤怒的情绪。到了第二天早上,我改变心意,选择了失望的情绪。星期一,珍娜一整天都不理我,放学后,我决定采取受伤的情绪,非常非常地受伤。

5
安静的白色空间

　　老妈领着我进入心理医生的办公室时,我的脑海里还在回放着我和珍娜吵架的画面。这里的等候室和伦道夫医生的等候室完全不一样。没有哭泣的婴儿,也没有不停搔痒的姐姐。通常医生的日程都是安排得满满的,可是这间等候室里却完全是空的,安静得像个墓室。超大尺寸的椅子是白色的;墙壁也是白的,点缀着几幅风景画;长毛绒布地毯是最白的。我很高兴没有带一杯葡萄汁来。

　　在杂志架上方的那面墙上,有一排照明开关,每个开关下方都写有一个名字。老妈一个个浏览着这些名字,直到发现一个写着"芬恩"的名牌。她把这个名字对应的开关扳到"开"的位置。

"那是要做什么?"我小声地问,生怕在这个安静的白色空间里制造出噪音。

"芬恩医生交代过我,让我们来的时候这么做,"她说,"这样她办公室里的一盏灯会亮起,她就能知道出来接我们。"

我坐到了一张椅子上,结果深深地陷进了里面。我的双脚甚至碰不到地板。这个等候室感觉不像是给发疯的人使用的,至少不是给带着葡萄汁的疯子。我有一种不安的感觉,觉得自己被监视着。如果此刻墙壁上挂着一个麋鹿头,我发誓它的眼睛一定会移动。我的双手生起了一种麻麻的感觉。

"妈,"我从椅子深处小声地说,"你觉得他们会不会安了一个隐蔽的摄像头在监视我们?因为他们想看我们在进去之前是什么样子。"

"不,我不这么认为。"老妈回答,"我希望你能放松心情,芬恩医生只是想和你讲讲话。"

"唉,至少有人想跟我讲话了。"我咕哝着。

"你这是什么意思?"老妈坐在她自己的绒毛椅子里转了一圈,问,"谁不跟你讲话了?"

我叹了一口气,说:"珍娜。她自从上星期六就不跟我说话了。我把事情都告诉她了,可我不知道怎么回事,她气坏了,就因为我之前好几年都没把这件事告诉她。今天她在学校里,一个字也没跟我说。"

"你知道,珍娜的情绪是很敏感的。"老妈说,"但她会跟你和好的,你等着瞧吧。"

如果她不跟我和好,我真不知道该怎么办。我不要其他任何人当我最好的朋友。想到这一点,我不禁扭转着戴在手腕上的友谊手链。莫莉、余柏莉、莎拉是不错的学校里的朋友,可是我们放学后从来不曾在一起玩。我们全都住得离彼此太远了。此刻我真希望芒果能在这里陪我,它那肮脏的脚掌一定会在白色地毯上留下小小的脚印。上个星期我很少看到它。它最近一定一直赖在罗斯家族的房子那边,缠着他们那只新来的猫——亮晶晶。我不知道下面哪件事比较尴尬:是芒果爱上那只猫,还是那只猫的名字叫做"亮晶晶"?

几分钟之后,门打开了,一位年约三十几岁、将近四十岁的高个子女士走进来。她径直走向我,伸出手。

"你一定是米雅了。"她说。她的声音很甜,让我想起鲜奶油,而鲜奶油又让我想起我今天难过得吃不下午餐,现在有点饿了。

我点点头。

"我是芬恩。"她说着,弯下腰来,握握我的手,"让我们去我的办公室里,好好地了解一下彼此吧。"

"你不是芬恩医生吗?"老妈问。

芬恩女士微笑着说:"我是心理治疗师,不是心理医生。许多人都搞错了。不过我向你保证,我的能力和心理医生是一样的。"

我仍然深陷在椅子里,我不得不用两只手用力撑着,才把自己推了出来。老妈跟着我们走出门,但芬恩女士阻止了她。

"通常妈妈最好不要在场。"她说。老妈别无选择,只好留下来。我在门边停住,回头用哀求的眼神望向她,但是老妈挥挥手,示意我继续走。

我觉得很孤单,心里充满了不安全感。我跟着芬恩女士走进一间小小的办公室。这里的环境和等候室非常像,只不过这个房间里的墙壁上挂着裱框的文凭,一张红木大桌子上摆了一碗软糖,还有一盒面巾纸摆在一张绒毛沙发的旁边。芬恩女士指示我在沙发上坐下:"坐吧,放松点,把这里当成自己家。"那盒面巾纸是个不好的预兆。她一定是预期我会哭个不停,或者打很多喷嚏。不过至少这次我坐下的时候,没有陷进去太深。我的脚趾刚好能碰到地毯。我只能用渴望的眼神盯着那碗软糖,它大概离我的手三十厘米远,我拿不到。我的胃开始低吼。

"现在,米雅,"芬恩女士以一种坚定的声音说道,刚刚那种鲜奶油的感觉已经消失无踪,"伦道夫医生已经把你的情况告诉我了。也许我们可以一起来探讨下究竟是什么原因使你看见了这些颜色。"

我谨慎地点点头。

她继续说:"我是一个非常直截了当的人。别的治疗师可能是沉默型的,但我是想到什么就说什么的,好吗?"

"好的。"

"当你对你爸妈生气的时候,你会看到颜色吗?"

"我通常不会对我爸妈生气,"我诚实地告诉她,目光飘回那碗软糖,"通常是我姐姐会对我爸妈生气。"

"记住,米雅,你在这里所说的任何事情,都会被保密的。"

我点点头。不幸的是,我唯一的秘密已经说出来了。

"我必须问问你是否曾经食用过违禁药品,"芬恩女士说,她直视着我的眼睛,仿佛为了保证我不说谎,"或者服用过任何会使这些颜色变成副作用的东西。"

我很震惊。我告诉她没有,我从来没有。我甚至连生病的时候都不喜欢吃药。

她在笔记本上写下一些东西。

"米雅,你在家中排行老几?"

"我有一个姐姐和一个弟弟。但他们看不到我所看到的东西。"

她在笔记本上快速地敲打着笔,然后问:"你是否听说过'老二症候群'?"

我摇摇头。我不喜欢任何以"症候群"为结尾的句子。

"那让我们来看看我是否解释得对。"说完,她的声音突然再次变得具有安抚人心的力量,"在家排行老二的孩子通常都处在一个不幸的位置,他们得不到排行老大的孩子所拥有的特权,也得不到家中最小的孩子所拥有的特殊关注。你懂我的意思吗?"

"我知道你在说什么,"我说,试着让自己听起来不那么具有防卫性,"可是我不认为我们家的情形是那样的,我爸妈对我们都一视同仁。"

"谁的房间最大?"芬恩女士突然问。

"贝思,"我承认,"可是,那是因为她先来的,你知道的,我出生的时候,她就已经在了。"

"那么,你妈妈花最多的时间陪谁?"

"我想是扎克。"我说,觉得自己稍稍被打败了,"但那是因为她必须陪扎克做一些事情,好让贝思和我能做我们自己的事。扎克才十一岁。"

"所以你明白我在说什么了吗?"她靠回椅背上,脸上显出胜利的表情,"排行中间的小孩子常常会觉得自己被忽视,这通常都是有原因的。也许是因为他们觉得自己不像其他的孩子那样特别,甚至觉得自己不像其他孩子那样被爱。当这种情形发生的时候,排行在中间的小孩子通常会付诸行动。"

"付诸行动?"我狐疑地重复她的话。

"这个孩子可能会想出一个复杂的计划,以获得爸妈的关注。"她解释,"她可能会做出某件事情,使她显得和其他孩子都不一样。"

我不喜欢她接下来要说的事情。

"某件事情,"她继续说,"例如告诉她的爸妈说自己总是能看到颜色,那些别人看不到的颜色,包括她的姐姐和弟弟都看不到。"她倾身向前,等候我的回应。

我的心沉了下去——我对这种感觉已经太熟悉了。又一个不相信我的医生。大家不都说"直到被证明有罪之前,都应该被视为无辜"吗?这个道理究竟怎么了,为什么在我身上行不通?

"不是那样的,"我嚷道,发现自己已无法保持冷静,"我不是为了取得关注而捏造了这些事情的。我甚至不喜欢引起注意。我只是想知道自己出了什么问题。"

她体贴地点点头,然后在笔记本上快速记下更多事情。"告诉我,米雅,"她说,"你是否常常没来由地变得很忧郁?"

"不是。"

"你有足够的睡眠吗?"

"有。"

"你有任何交朋友方面的困难吗?"

"没有。"维持友谊是另一码事,我不想告诉她我和珍娜的事。

"这些颜色和形状,对你来说真实吗?"

"非常真实。"

她坚定地注视着我。"好吧。那么,"她说,"不如让我和你妈妈谈一谈吧?我们看看她有什么要说的。"

跟着她走出办公室时,我从那个碗里抓了三颗软糖。

当我们抵达空荡荡的等候室时,我和老妈交换了位置。直到听见芬恩女士的门在她身后关上的声音,我才蹑手蹑脚地穿过走廊,摸到她的办公室外面。

我把耳朵尽量地贴近门,但小心翼翼地不碰到门板。我听到的第一句话是老妈的大叫:"脑瘤?"

我惊得瞪大了眼睛往后跳去,身子紧贴着墙壁。芬恩女士认为我有脑瘤?那不是肥皂剧里年轻又漂亮的女主角死掉之前所得的病吗?我嘴巴里那颗葡萄味的软糖突然变得淡而无味了。

"我很确定不是那样的,温切尔夫人。"芬恩女士向我老妈保证,同时也在不自觉地向我保证,"神经学家所做的事情,不是只有侦测脑瘤而已。如果米雅的问题是真实存在的,而不是她的想象,那么应该让神经学家测试一下她的脑部功能。"

我松了一口气,但仍然觉得很震惊。我想还是回到等候室的椅子上坐着比较安全。这把椅子又把我卡住了,但是这一次我并不介意。这么说,还会有一个医生把我戳一戳、捅一捅,然后再把我送到另一个医生那里去。我怎么会让自己卷入这种境地?

我拿起老妈留在桌上的一本杂志,翻到其中满是文字的一页。当我读着这些文字的时候,彩虹般的色彩漂浮在我的脑海里。我闭上眼睛,看着那些颜色渐渐退散。我想象当自己再次张开眼睛的时候,所有的字体都是黑色的,就像它们原本被印刷出来的颜色,没有其他的。

我张开眼睛,盯着那一页。我看到了黑色的字体。但我也看到了粉红色、绿色、紫色和黄色。我不能说我是惊讶的。

老妈低着头,走进等候室里。"我们走吧,米雅。"等到我把自己推出椅子,她已经走出走廊的一半了。我赶紧追上去。

"结果,究竟是怎么一回事?"

老妈头也没回地答道:"芬恩女士给了我芝加哥大学一名神经学家的电话号码,他会进行一些测试。"

"什么样的测试?"当我们走向车子的时候,我问,"我的脑袋是不是有问题?"

老妈终于停下脚步,转身朝向我。"你的脑袋没有问题,米雅。"

她站在车子旁翻找着皮包里的钥匙,我打量着她。"但是你也不确定吧,是不是?"

她继续在包里找钥匙。"我想我真的不确定。"

"妈?"

"什么事?"她烦躁地回答,她不是真的在对我凶,但也差不多是了。

"你已经把钥匙插在车门上了。"我指着那串从钥匙孔上垂挂下来的钥匙。

那之后,我们都没说什么话。回家的路上,我不断地偷瞄她,她脸上有一种苦恼的表情。这比其他任何事情都让我担心。我觉得头很沉重,就把遮阳板翻下来,盯着里面那面小镜子。我向来只把我的脑袋看作想法跑出来的地方,可如今,它变成了一个又重又大的东西,在那里嘶嘶作响——所有那些糊糊的、灰灰的东西,总之,就是那些"大脑的东西"。我的手指在头颅上移动。

"你在做什么?"老妈不经意地瞄了我一眼。

"我在书上读到过,有些地方的医生会通过感觉病人头上的突起,来判断他们出了什么问题。"我继续摸索着,但并没有感觉到有任何不寻常的地方。

"别担心,米雅,一切都会没事的。"

"只要你不担心,我就不会担心。"

"我没有担心。"她说。

"那我也不担心。"

"很好。"

"很好。"我学她讲话。

"所以,我们都不担心。"她说。

"没错。"

然后我们对视了一眼,嘴角不禁上扬。我开始大笑起来,她也跟着我大笑。这总比大哭好多了。

"你并没有脑瘤!"老妈说着,把我摇醒。老爸站在她身后,微笑着。

"什么？"我揉揉眼睛，望了一眼我的壁钟：清晨六点十分。芒果在床脚边，打着呵欠，伸了一个懒腰。

"你怎么知道？我还没有做过测试啊。"突然间我感到一阵恐慌，不安地坐起身来，紧抓着老妈的睡衣袖子，"难道是，我真的有脑瘤，而医生把我脑子里关于检查的记忆部分取出来了？"

他们大笑起来。"不，你没有脑瘤，"老妈向我保证，"我刚刚在电话里和那位神经学家谈过了。"

"你清晨六点钟和他讲电话？"

她在我床边坐下。"他在欧洲开研讨会，那里现在已经是下午了。他听到了我昨天的留言，所以想跟我们确认。他说既然你从出生起就有这种状况，而且没有其他神经受损的情形，所以可以排除癫痫或者脑瘤等疾病的可能。"

我松了一口气，躺回枕头上。"他还说了什么？"

"他还说，他从我的叙述中就十分确定究竟是怎么一回事，但还是想先见见你。他下个星期回来，到时候你爸爸和我会开车带你过去。"

我再次坐起身。"等等，他没有提过任何有关老二症候群的事情吧？"

他们俩用奇怪的眼神看着我，然后老妈摇了摇头。

"所以，我必须再等一整个星期才能知道发生了什么事？"

"你已经等了十三年了，不是吗？"老爸说。他和老妈走出房间，关上门。

"是十三年半。"我小声地说。芒果爬上我的胸前，我拍着它，听它大声地呼噜呼噜着。每一个芒果色的圈圈都提醒着我，即使我不会因为脑瘤而死掉，我还是不知道我到底出了什么问题。而我最好的朋友还是不跟我讲话。我和芒果在那里躺了几分钟，然后决定是时候采取行动了。

戴维斯先生让我进屋，告诉我珍娜还在楼上的房间里。我敲敲门，等着她叫我进去。

"哦，是你啊。"她说。她正站在床边，努力地把教科书塞进一个紫色的迷你背包里，那个背包是我从未见过的。我们以前还常常嘲笑那些背着迷你背包的人，可是现在她居然也有一个！但此刻她正穿着我去年圣诞节时送她的睡衣，我把这视为一个好现象。

"你来这里做什么？"她问。

"请跟我说话。"我坐在床上，"我受不了了。"

她沮丧地放下背包："你要我说什么？"

这是这天早上我第二次感到松了一口气。至少她不再沉默以对了。"我不想吵架。我也明白你为什么会生我的气。"然后我再也控制不了自己了,我小声地说,"虽然我当时真的很需要你的支持。"

"这算是道歉吗?"珍娜将双臂交叉抱在胸前,问道。

我想不出其他更好的回应,只好拉拉我的马尾。"这算是半个道歉,另外半个应该由你来做。"

"保守秘密的人是你呀!"她尖酸地说。

我深呼吸一口气,说道:"听着,珍娜,我很抱歉我一直没有告诉你。我就是说不出来,但是现在我需要把它说出来。我需要跟你谈谈。除非你已经有了另一个最好的朋友,例如给你背包的那个人。"

"那个蠢东西?那是我爸爸的一个朋友给我的,我向爸爸保证过至少用它一次。"

我松了一口气,幸好那不是金柏莉、莫莉或者莎拉趁我们吵架的时候,来拉拢我最好的朋友。珍娜从衣柜里拿出衣服,放在床上。"我也不想再吵架了,但是你不会知道发现你关心的人有可能出了问题,是什么样的感受。我曾经经历过,相信我,那种感觉很可怕。"

我低头盯着地板,觉得很不好意思。"我从来没有想到这一点。如果我让你担心了,我真的很抱歉。"我说。

"我也很抱歉我对你那么凶。"她说着,开始踱步,"还有，呃，昨天你提早离开学校之后，我做了一件不太好的事。"她的脸上掠过一抹罪恶感。我认识那种表情，上次她被抓到把手伸进饼干罐里偷钱时，也是这种表情。她深吸了一口气。"是这样的，金柏莉总是问我你究竟出了什么事，起初我跟她说我不知道，因为我真的不知道；但是当我的确知道了之后，而且我又在生你的气……所以我就把事情告诉她了。有关你看见颜色的事。"

"你怎么可以这样？"恐惧像乌云一样瞬间笼罩了我，"还有谁知道？等等，如果金柏莉知道了，那么，每个人都知道了？！"

"我确定不是每个人……"珍娜说。她的目光四处游移，就是不敢看我。我的脑子里一再回响着三年级时听到的那阵哄堂大笑。时间的流逝并没有使那笑声变得更仁慈一些。

"如果我能把那些话收回来的话，我愿意收回。"珍娜坚定地说。

我还在因为被背叛而受伤，但我设法冷静地说："已经做了就做了，不是吗？我很确定，八年级的学生不会像三年级的那么残酷。"是吗？才怪！

"没有人会取笑你的，"珍娜说，"他们只是好奇而已，就这样。"

"我们看着好了。"

我匆匆忙忙离开她家，快步走到路上，突然间很想回家。我痛恨学校里的每个人都在背后谈论我。我曾很努力地不让这种事发生，而如今居然是珍娜让它发生了。

当我走进厨房后门的时候，扎克正坐在桌边吃炒蛋。看到他坐在那里，我心里突然有一种奇怪的感觉：我的生活在一分钟之内就改变了，但扎克的一切都和昨天一模一样。我沉默地从他身边经过，不料他突然拿起一把盐往后洒了过来，正好全洒在我身上。

"嘿！"我大叫着，用力把那些小小的盐粒从夹克上拍掉。

"抱歉，我没看到你在那里。"

"你最好趁妈妈看到之前把这里清理干净。而且，别把这些盐留在地上让芒果舔。"

"放松点儿。"他说着，从水槽里拿起一块海绵，"如果你把盐罐弄翻了，你必须往左后方洒一把盐，以取悦那些恶灵。这没什么大不了的。"

"你是说邪恶的盐灵？"

"尽管取笑我吧，"扎克说，"可是贝思知道这是真的。"

"你在对她洗脑，"我指控他，"她以前不是这样的。"

"嘿，这可是那个巫毒坏女人告诉我的，不是我告诉她的。"他说着，把一整片吐司塞进嘴巴。

我走出厨房,听到扎克在我身后用含糊不清的声音喊着:"对了,如果你找不到芒果的话,它可能躲在墙壁里。"

就像这屋里的其他人一样,芒果也找到了一些永远合不起来的缝隙。我回到厨房里问扎克:"它为什么要躲起来?"

"我想是妈妈吓着它了。她在走廊上扫地的时候,正好逮到芒果在沙发上尿尿。老妈气得举着扫把追赶它,后来我就没再看到它了。"

"芒果在沙发上尿尿?"我不可置信地问。

"是啊,你没注意到它最近有点怪异吗?"

"怎么怪异?"

扎克耸耸肩:"它常常垂着尾巴在屋里走来走去,它睡得也很多。"

"它一直都睡得很多,"我大叫,"它吃的药让它很疲惫。"就在这个时候,芒果走进了厨房,直接走向它的食碗。扎克再次耸耸肩。

我弯腰检查芒果。可怜的芒果,也许它是饱受"排行中间之猫咪症候群"之苦,所以才会用尿尿来引起注意。但被一支扫把追赶,可能不是它当初所想要的。

"校车再过五分钟就到了。"老妈在楼上大喊。

我谦卑地在扎克对面坐下来。"嘿,你可不可以教我怎样让温度计读起来像生病了一样?我今天真的不想去上学。"

"呃，那是温度计和灯泡的小把戏，"他开心地说，"从来不会失误。不过，除非你不介意被带去看医生，才能使用这个小把戏。"

我沮丧地把椅子往后一推，站起身来说："呃，算了。"匆忙间我打翻了盐罐。我把盐罐扶正，手僵在了半空。我无奈地叹了一口气，倒了一点盐在手心里，往后洒去。不管有没有盐灵，我今天都需要好运。

扎克骄傲地微笑道："别担心，我会清理干净的。"

我给了芒果一块额外的猫饼干，然后拿起我的书包，走向校车停靠点。也许我是反应过度了，也许事情根本没那么糟。

那么，为什么我一直能听到脑海里反复地响起"怪……物，怪……物，怪……物"的声音呢？

6
时间的摩天轮

洒盐想必是奏效了。因为没有人向我问起任何有关颜色的事,直到英文课。英文课,正是水坝溃堤的时候。在老师进入教室之前,同学们都冲到了我的桌子旁,开始向我猛烈地提出问题。

"我的名字是什么颜色?"罗斯·斯托勒第一个发问。而他从前甚至从来不曾跟我说话。"那些颜色飘来飘去,你怎么能阅读?"米歇尔问道,她就是那个爱看言情小说的女孩。然后问题一下子全涌上来了。"你真的可以不看钟表就知道时间吗?""你真的可以读出别人的心思?""那种感觉是什么？会不会痛？……"

我一一回答他们提出来的问题，但这些问题一个比一个荒谬。我感到脸颊灼热，无力地滑进椅子里。幸好老师走进来了，大家才坐回位子上。当他们以为我没有在看他们的时候，都会偷偷瞄我一眼，我能捕捉到他们偷瞄的眼神。我不知道他们期望我怎么样。

午餐时间，我的餐桌突然变成了整个学校餐厅里人气最高的一桌。我一一告诉同学们，说他们的名字像成熟的香蕉一样黄，像雨后的天空一样蓝，是焦糖一样的咖啡色，是消防车一样的红……累死人了。珍娜和金柏莉为了保护我，很快把大伙儿都轰走了。莎拉蜷在她的位子里，安静地嚼着花生酱三明治。莫莉一直跳上跳下，显然爱极了这种被大伙儿注意的感觉。我必须承认这件事并不全然是糟糕的。比如那些以前完全忽视我的同学，这会儿都跑来跟我讲话。要不是整件事情有着马戏团表演般的可笑气氛，倒还挺让人满意的。

"如果我是你的话，我就不会讲那么多，"一名披着金色长发的女孩经过我的桌旁时，大声地说，"他们很可能会把你送进特殊教育班级。"

我呆呆地看着她走开。她每走一步，我的心就往下沉一些。她为什么要这么说？她甚至不认识我。

"别理她,"珍娜说,"她只是嫉妒罢了。"

但从那之后,我就再也不想讲话了。我走过走廊,进入厕所,躲在一个隔间里,直到午餐时间结束。

下午放学之前,我们进行了一场数学随堂测验。我试着集中注意力,但却没有办法。最后有三道题我都没有答。老师批改试卷的时候,我们本该开始写家庭作业的,可是我却在笔记本上漫不经心地涂鸦。老师把批好的数学试卷发了下来,我面朝下趴在桌子上,想象自己得了一个A,一个美好的、快乐的、像向日葵一样黄的A。我慢慢地翻开试卷的一角,一个字母出现了。那是一个又大又肥的紫色F,以及一张数学老师要我尽快去见她的字条。

坐校车回家的时候,我已经完全被打败了,心情也糟糕到了极点。有人在小声地议论:"就是她,她就是那个能看到所有颜色的女生。"所以,这就是现在的我,那个看到颜色的女生。至少他们还不知道我也是那个"她爷爷的灵魂住在她的猫身上"的女生。他们不能连我这个秘密也剥夺。

珍娜放学后留在了学校里,写那篇关于体育课上的性别主义的校刊评论,所以她此刻无法陪在我身边,好让我躲在她身后。扎克一直要我证实他所听到的所有关于我的谣言,但我只是沉默地望向窗外。他死活不愿意闭上嘴巴,于是回到家的时候,我只好站在前廊上,把整件事都告诉他。他这才安静了下来。

"为什么我和贝思没有这种情况？"他问，"也许你是被领养的？我现在回想起来，你的确长得跟我们都不像。"

"我不是被领养的，"我太累了，累得无力争辩，"我也不知道我为什么有这种状况。这就是为什么我要去看那些医生。"

"我真的觉得这很酷。"他说着，跟着我走进屋内。

"你真的这么觉得？"

"当然了，"他微笑道，"现在我明白了，你才是家里最怪异的一个人，你赢得了激烈的竞争。"

我张大嘴巴，想要反驳，但又突然领悟我无法反驳。这真是一种悲哀的领悟。这时老爸来到了我们身后，一边走一边拨掉眉毛上的木屑。他想单独和我谈谈，但是我跟他说我已经把事情都告诉扎克了。

老爸看起来很满意，他很喜欢看到我们姐弟相处融洽。"那就好。那个神经学家的办公室刚刚来了电话，说你的约诊是下个星期五。那就意味着，到时候我们必须再把你从学校带出来。"他说。

"我想我可以应付。"

"也许我也应该一起去，"扎克兴致勃勃地建议，"米雅需要我在那里。"

"等到猪飞起来的时候吧。"老爸说。

"那你们觉得猪会很快就飞起来吗？"扎克满怀希望地问。

"不会。"老爸和我齐声回答。

"砰咚！"客厅突然传来一阵奇怪的重击声响。我们连忙冲进客厅。"那并不是身体本该运作的方式。"扎克叫道。只见贝思整个身子扭曲在地板上，双脚高举过头顶，两只手臂往外伸。她慢慢地转过头来，望着我们。

"这是瑜伽，"她兴奋地介绍，"你们都应该来试试。"

"为什么？"老爸问。

沙发后面传出来一个声音："因为它可以疏通身体里任何被阻塞的能量。"

"妈？"我惊讶地叫道，趴在沙发椅背上，好看个清楚。没错，正是老妈。她穿着老旧的园艺工作服，身子弯成的姿势，看起来一时半会儿很难解开来似的。

"巫毒坏女人又掳获一名信徒了，"扎克小声地说，"我们剩下的人，迟早都会被她俘虏。"

"不会是我！"老爸和我异口同声地说。说完我们不禁相视而笑。我突然意识到我是多么高兴回到家里来。

星期五早上,当我们的车子穿过芝加哥大学的校门时,硕大的雨点打在了车子上。扎克说,如果一个真正重要的日子下起雨来,就表示即将有好事发生。至少某件事情即将发生,我只要求这样就好了。这个大学校园真的很不错,很有中世纪的气氛,校园内到处都是灰色的石头建筑,树木密集。转错了几个弯之后,老爸终于找对了地方,还找到了最近的访客停车场。我们在楼内长长的走廊上走过来走过去,终于找到了正确的办公室。老妈敲了敲门,一名高个子、黄棕色头发、穿着白袍的男子立刻把门打开。他看起来根本不到可以当医生的年纪,倒让我想起一个电影明星,可我一时又想不起来究竟是谁。他让我们叫他杰瑞,而不是威斯医生。他的办公室很小,摆满了各式各样的书,厚厚的书、薄薄的书、纸页松散的旧书、仍然包在袋子里的新书。我无法想象哪个人可以在一辈子的时间内,读完所有这些书。

"哇,"我忍不住感叹道,"我们镇上图书馆里的书都没有你这里多。"

"时时追踪研究领域里的新发现,是很重要的。"杰瑞解释道。

"你的研究领域究竟是什么?"老爸检视着挂在墙壁上的许多文凭证书,问道。

"身为一名神经科学家,我的研究重点是认知。我研究大脑如何处理来自各个感官的信息,以及如何把这些信息传送到身体的其他部位。"他兴奋地示意我们坐下,"我已经研究了一些特殊案例。幸运的是,我是当今世界上少数几名对你们的情况有研究经验的研究者之一。"

老妈一点时间都不浪费,开门见山地问:"你能告诉我们她到底出了什么问题吗?"

杰瑞温文有礼地微笑着。"她没有什么问题。"

"可是,一定有什么地方出了问题,"我坚持道,"所有的形状、颜色,还有声音,字母和数字,还有——"

"慢慢来,"杰瑞说,他仍在微笑,"米雅,你并没有生病。实际上,你也没有什么问题。根据你妈妈的描述,我认为你的情况是无害的,它叫做共感觉或伴生感觉。"

我傻傻地盯着他,足足有一分钟,试图理解他刚刚所说的话。在我脑子里的某处,响起了一阵合唱,唱着"哈利路亚"。我的状况居然有一个名字!现在我就能把它说清楚了。"请再说一次,我的情况是什么?"

他又说了一遍,我不禁跟着重复了一遍。它听起来像是一个会产生金色斑点的词,念起来有点拗口。他解释道:"共感的意思是'感觉会伴随而来'。想象一下你脑子里的线路都交缠在一起——这当然只是个比喻——你的情况是视觉和听觉连在一起。当你大脑里的听觉皮质层受到刺激的时候，你的视觉皮质层也同时被启动了。"

"我的情况？"我问，"有这种情况的人很多吗？"我瞄了爸妈一眼，他们显然和我一样惊讶。

杰瑞摇摇头说："这种情况很不寻常。我们现在相信，每个人生来都有这种情况，但是对大部分的人来说，额外的神经连结都会很快消失。几千人中只有一个人会保有这种神经连结。你瞧，五种感官的交缠，会有许多种组合。例如，我曾经测试过一名女士，她每次吃到奶油爆米花的时候，就会听到她丈夫的声音。还有一份记录完整的案例，是关于一名男子的，他每次感觉放在手心里的物品时，就会尝到某种食物的味道。而看到彩色的字母与数字，这种情况叫做词汇共感，这是最常见的共感形式，伴随有彩色的听觉。百分之四十的共感觉者都有一种以上的症状，就像你一样。"

"其他那些情况也会发生在我身上吗？"我睁大眼睛问。

"不会，你不用担心，"杰瑞向我保证，"你自己的共感并不会有太多的变化。"

"那么，怎么才能让这种情况消失呢？"老妈问，"米雅可不能继续像现在这样老是看到颜色啊，那会影响她在学校的表现的。"

"我了解你的担心，温切尔夫人，真的，我真的了解。

可是，这是米雅感知这个世界的正常方式。她可以通过学习来补救某些事情，但是我们没有办法让她的共感消失。况且我还从来没有遇过有人希望自己的共感觉消失呢。"

"我还在这里呢。"我提醒他们。

"米雅，"杰瑞转身对我说，"其实绝大多数的共感觉者都是女性。而且，许多共感觉者都有一些共同的特征。我现在开始念这些特征，你告诉我哪些特征对你来说是熟悉的，好吗？"

我点点头。

"你惯用左手吗？"

"是的。"

"你是不是很有美术天分，或者音乐天分？"

"我喜欢画画。我不会玩任何乐器，但是我经常听音乐。我可以通过颜色来判断一个音究竟是什么音调。如果一架钢琴的音没有调好，我也能马上就知道，因为有些音的颜色会不见了。"

"你的拼写也很厉害，对不对？"

我再次点点头。

"你会怎么想象一年的时间？"

"就像其他所有人一样。"我向他肯定，"你知道的，就像人坐在游乐园的摩天轮顶端，而一月是在摩天轮的最顶端。如果这个摩天轮是一座钟，一月就会在十二点的位置。随着日子一天一天过去，摩天轮就会逆时针移动，而二月就会落到十一点钟的位置。到了夏天来临的时候，我就在摩天轮的底部了，但这时这个摩天轮有点像是平躺在地上。然后到了八月，摩天轮又开始往上升。"我满意地把身子往后靠，心想至少在这件事情上，我是正常的。但我花了一秒钟的时间，才意识到没有人同意我刚才的叙述。老妈甚至张大了嘴巴。

"不是每个人都能用这种方式看到一年的时间吗？"我虚弱地问。

他们三个人都摇了摇头。杰瑞仍然在微笑，他实在很喜欢微笑。

"你的意思是说，每个有共感觉的人都具备以上这些特征？"老妈问道，她显然非常怀疑。

"当然不是每个人。"杰瑞说，"例如，来我这里测试过的许多人都数学不好，但有一名受试者现在却已经是大学数学教授了。不过，这些共感觉者的确有很多相同的特征。"

"这的确很不可思议，威斯医生，呃，杰瑞。"老爸说，"那我们应该怎么帮助米雅呢？"

"米雅可以通过集中焦点和注意力，训练自己做不同的心智连结。随着她年纪渐长，这种情况很可能会自动发生。你们确定家里没有其他人有这种情况吗？这通常是遗传的。"

老爸老妈都摇了摇头。"你会帮她测试一下,看看有什么能做的吗?"老妈问。

"当然。"杰瑞说。但他说自己现在必须去教课了,约我第二天再过来。

"你会在我身上接上一些电线吗?"我问。

"没有电线,我保证。"雨已经停了,杰瑞陪着我们一路走到车子旁。我正要钻进车子里时,杰瑞让我等一下。

他在实验室白袍口袋里摸索着,交给我一张折起来的纸。"这是一个共感觉者交流网站的网址,你可以去看看,跟来自世界各地的人互动。"

我盯着那张纸问道:"你是说其他有共感症状的人?"

杰瑞点点头:"其他有不同共感症状的各式各样的人。里面还有一个讨论团体,你可以加入。还有一些理论文章,不过你可能会觉得有些文章很枯燥无聊。"

我非常兴奋,给了他一个拥抱。我们把车子开出停车场,跟他挥手道别。我坐回椅子里,紧抓着杰瑞给我的那张纸。我决心找到比利,一定要让他妈妈知道他并没有长脑瘤,也并不是疯了。我也不是。

我脑子里的合唱再次唱起了"哈利路亚"!

7
灰蓝色的云状笑声

星期六早上，还未到十一点钟，老妈和我就坐到了杰瑞的实验室里，身边围绕着嗡嗡响与哔哔叫的奇怪机器。我没有回复珍娜昨天晚上打的三通电话，我还没有准备好去分享我对自己的这些新认识。有时候，我仿佛觉得她不配知道这些事情，尤其在她做了那件好事之后。杰瑞向我们介绍他的助理，那是一名活泼的研究生，名叫黛比。她穿着一件彩虹条纹的工作衫，自从《脱线家族》①这部老电视

---

① 《脱线家族》：20 世纪 70 年代在美国广受欢迎的一部电视情景喜剧。

剧回放之后，我就再也没有看到过这种工作衫了。她向我打招呼，似乎很高兴见到我。杰瑞问了我一些有关我看到的颜色，形状，以及这些形状的质地纹理之类的问题。我解释说，有些字母是亮闪闪的，有些像纱一样薄，有些像木头一样有木纹状，有些甚至是绒毛状的。黛比把我说的话都记录下来。

"我跟其他有这种情况的人比起来怎么样？"我问杰瑞，"其他的共感……其他的共感觉者？"这仍然是一个念起来很拗口的词。

"第一次测试共感觉者时，我们以为所有的共感觉者听到相同的声音，都会看到同样的颜色和形状。"杰瑞说，"最开始的理论是，如果有些人，例如你，听到一个声音的时候可以看到一种颜色，那么就表示这个声音确实有颜色，只是仅有少数人可以看见它。然而我们很快就发现，现实中的情况并不是那样的。每个人所看到的颜色似乎都是独特的。几何形状则比较类似。并不是说特定的形状会伴随特定的声音出现，而是共感觉者所看到的形状一般不会相差太多。对于那些能看到彩色字母的人来说，颜色变化的范围就很广泛，虽然许多人都将明亮的颜色与元音联想在一起。"

"所以，对于另一名共感觉者来说，我的名字很有可能是带着橘色条纹的紫色，虽然我自己认为它是苹果糖的红色，带着一丝鳄梨的绿色？"

"正是如此。"

我坐回椅子上，任由椅垫慢慢往下沉。老妈只是摇着头，试图理解这一切。

中午，杰瑞带我们到学校里的一个餐厅吃饭，我突然觉得自己非常小，而且非常矮。我的意思是说，我一直知道自己的个子很矮，可是从来不像此刻一样感觉如此之矮。

"妈，"端着餐盘排队等候时，我小声地问，"大学里所有的女生都这么高吗？"

杰瑞一定是听到我说的话了，因为他开始大笑："校女子篮球队就在隔壁楼练习，她们经常来这里吃午餐。我向你保证，其他餐厅里有比较矮的学生。"

我当即认定杰瑞是个很可爱的人，至少就一名大人而言，他的确很可爱。我一边想着，一边去拿了一盘水果沙拉和一个火鸡肉三明治。呃，我绝对不可能爱上杰瑞的。即使他的年纪没有大到足以当我的爸爸，他至少已经老得可以当我爸爸最小的弟弟了。

我们找到一张远离喧闹人群的桌子。老妈先花了三十秒的时间谈论杰瑞的墨西哥卷饼,然后才切入正题。

"威斯医生,我——"她开始说。

杰瑞扬起那只没有拿着墨西哥卷饼的手说:"请叫我杰瑞。"

"杰瑞,"老妈纠正自己之后,叹了一口气,"你说无法让米雅的共感完全消失,但是你可以帮助她改善目前的处境,是吧?"

杰瑞转向我:"你希望那样吗?米雅?"

他在耐心地等待答案,但我想不出该说什么。我确实想要让每一门科目都顺利过关,而且如果能像其他人一样生活,那也会很好。可是,如果不能使用我的颜色,那么这个世界对我来说,就似乎太枯燥乏味了,就像香草冰淇淋上没有放小熊造型的水果软糖一样。"我不知道,"我承认,"我真的很喜欢小熊造型的水果软糖。"

他们俩满脸疑惑地望着我,我这才意识到自己刚刚说了什么,赶紧捂住嘴巴,然后纠正道:"我的意思是说,我无法想象没有颜色的生活。"

老妈似乎对我的回答不甚满意,低头吃着她那盘水果。

"但是,"我补充道,"我也不想让我的科目不及格。"

老妈稍微恢复了一些活力。

"目前我们只找到少数几种物质,会对共感觉者的状况产生影响。"杰瑞告诉我们,"刺激性的物质,例如咖啡因和尼古丁,可以压制共感觉症状;而镇静剂,例如酒精,会增加共感觉症状。为了让你明白为什么会那样,我需要先向你解释一下你大脑里的淋巴系统对神经刺激作出的反应。"

"我会相信你所说的一切。"我说道。

"如果一个人经历了某种具有伤害性的悲剧事件,他的共感觉状况也有可能会发生改变。通常他的共感觉症状会减轻,直到他从这个伤害事件中恢复为止。在儿童期初期之后,这种症状有可能变得更强烈,但是随着年纪增长,它会慢慢减弱。我可以帮你改善,帮助你把这种症状推到你的意识之后,如果你真的希望的话。"

老妈望着我,丝毫没有掩饰她那乐观的表情。从小到大,我曾经历过的唯一一件悲怆事件是爷爷的去世,但我不记得那件事影响了我看到颜色。也许是因为爷爷的去世还不够悲怆,是因为我知道爷爷的一部分保留在芒果身上。可是,芒果已经病了好几个月了。

"事实是,"我的声音颤抖着,"我的颜色也帮了我很多忙。我是我们班上最会拼写的,我的历史成绩也很不错。电话号码,名字,一切的一切,我很擅长记忆。呃,记忆除了数学和外语之外的一切。如果我保证随身携带计算器,而且永远不到国外去旅行,这样是不是就没问题了?"我满怀希望地望着老妈。

老妈还来不及回答,杰瑞便说:"你不需要担心,米雅。我怀疑不会有什么事情能让你的共感觉症状永远消失。"

"那我该拿学校里的问题怎么办?"

杰瑞咬了一口巧克力蛋糕,然后说:"我可以帮你在你家附近找一名数学家教,但你必须为你的西班牙文找到协助的方法。"

杰瑞给了我那名数学家教的电话号码,然后我们约好了下次拜访的时间。他又陪着我们走到车子旁,这一次我努力克制住自己,没有再给他一个拥抱。我不希望自己看起来像个小孩。

"你似乎很高兴知道你的状况有个名字。"当车子在校园里蜿蜒行进时,老妈开口说道。

"你不知道那种感觉。"

"是,我确实不知道。"她回答,然后低头再次检视地图。过了一会儿,她说:"他是个好人,你是不是也这样觉得?"

"杰瑞?是啊,他真的很好。"

"长得也很帅。"她补充道,眼睛直视前方。

"妈！"

她耸耸肩，嘴角漾出一个小小的微笑："我眼睛可没瞎。他长得有点像保罗·纽曼①。"

"你是说那个卖沙拉酱的男人？才不像呢！"

"也许是他那双眼睛，"老妈一个急转把车子驶进高速公路入口后，带着渴望的语气说，"那双蓝蓝的眼睛。"

"我要告诉老爸，说你爱上杰瑞了。"

"我并没有爱上杰瑞，"她说，"我是爱上了保罗·纽曼。《骗中骗》那部电影真是经典。你们这些小孩子，根本不知道自己错过了什么好东西。"

我转转眼珠，很不以为然。接下来的十多公里路，我们都在争辩，比较杰瑞与保罗·纽曼的特点。我必须承认，当我们心中都没有半点忧虑的时候，和老妈独处也挺有趣的。

回到家之后，我坐在床上，强迫自己开始研究一直被我忽视的家庭作业。每当天气变冷的时候，我就喜欢窝在自己的房间里，享受舒适的感觉。我对我自己以及这个世界都感到非常满意。但就在这个时候，贝思走进了我的房间，躺在我身边。她似乎一点也不在乎把我的笔记本压皱了。

---

① 保罗·纽曼(1925~2008)：美国著名男演员，曾创立公司，从卖沙拉酱开始做起。

"有什么能为你效劳的吗?"我问道,用力从她身子底下抽出我的笔记本,刚刚那种舒适的感觉瞬间消失了。

"我在等着你告诉我究竟发生什么事了。"她把胳膊交叉抱在胸前,说:"我的意思是说,我从扎克那里了解了一个大概,但是我想听你亲口说。"

我瞄了一眼我那面挂满钟的墙壁,看看在晚餐之前我还有多少时间。如果不先把家庭作业做完,并且吃完晚餐,老妈是不会让我去上那个共感觉者的网站的。

"这件事不能等一等吗?"

"没问题,"贝思说,"我就在这里等。"她靠坐在我的床上,还给自己垫了一个枕头。

"你要在这里等?在我床上?"

"是啊。你可以假装我不在这里。"

"如果你真的不在这里,我就更容易假装。"

"对了,"贝思盯着床尾问,"芒果呢?我之前到处找它。"

"为什么?"

"我今晚有一些计划,可是我好像要感冒了。扎克说,如果让一只猫在你的腿上坐半小时,你就不会生病。"

我盯着她。"你是认真的吗?"

她点点头。

"这个嘛,它可能在外面。"

贝思摇摇头。"老爸说他几个小时之前就让芒果进屋里来了。"

我阖上我的笔记本。"好吧,算你赢。跟我一起去找芒果吧,我顺便把事情讲给你听。"

她跳下床。我们先在我的房间找,检查我的床底下和衣柜里,然后我们来到楼下。当我们打开起居室的门,在沙发底下寻找时,我讲到了有关共感觉症与那些医生的事情。贝思仔细地听我说着每一个字。这种感觉有点吓人。

当我把整件事情讲完的时候,我们已经来到了厨房后面的走廊。整幢房子的这个部分是最后要完成的,目前还完全无法使用。这里的地板微微向下倾斜,走廊很窄,我和贝思必须一前一后地行走。走廊尽头是一个很小的房间,里面放着老妈的望远镜和我们冬天的外套。即使芒果不太可能躲进这里来,我还是把门打开了。

"这个故事真精彩,"贝思一面说,一面拉扯一根绳子,打开了我们头上的一盏灯泡,"是真的吗?"

"当然是真的!"我用很凶的语气说。我扫视着这个小房间,只看见一堆一堆闪亮的冬天大衣与滑雪裤。"别让我后悔告诉你这些事。"

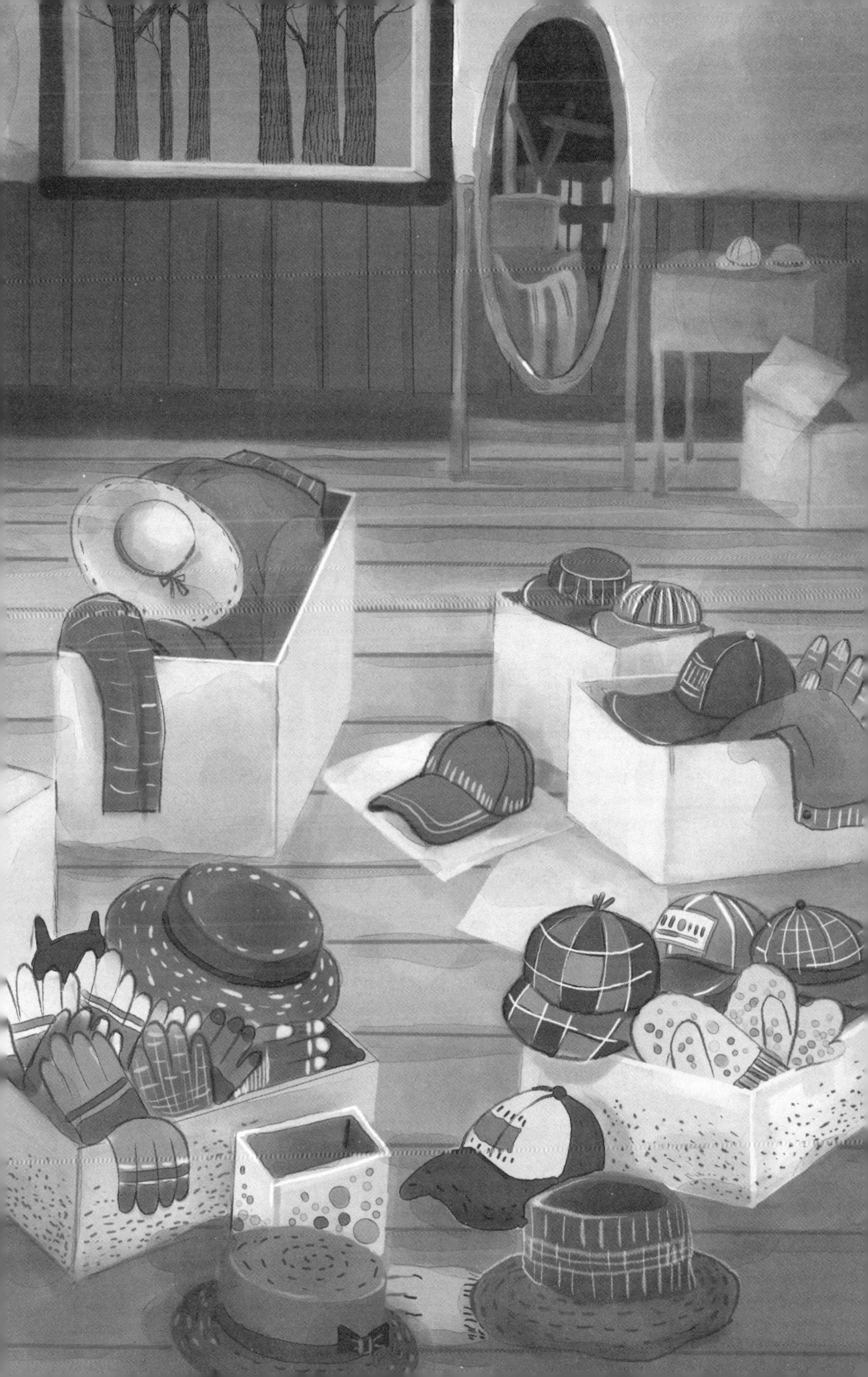

"不,"贝思马上说,"我很高兴你讲给我听了,非常有趣。"

我注视着她,想看看她是否在取笑我,但是她的眼睛里透露着一种很像崇拜的眼神。哇,这可真是新鲜事。

当我在试着适应这种新的感受时,贝思瞄了我身后一眼。"你的猫在那里。"她指着一堆手套与羊毛帽说。

我转过身,看见芒果的耳朵从那堆手套与帽子里冒出来。我走过去,把它抱起来。它在我手臂里呼噜呼噜地叫。"你是怎么跑到这里来的?"我问它。它没有回答,而我想这是一件好事。

我把整个房间仔细检查了一遍,发现其中一个角落的墙壁并没有完全密合。芒果一定是利用这个缝隙跑到这里来的。这些日子以来,它似乎很喜欢躲起来。一定是因为天气愈来愈冷了。我把它交给贝思。"祝你的猫疗法成功!"

晚餐时,老爸问我愿不愿意谈谈实验室里发生的事。

"不是很想谈。"我一边回答,一边吞下满满一叉的意大利千层面。我的舌头被热乎乎的冒泡的起司烫到了,赶紧灌下半杯冰水。

"他们有没有让你在一个尽头放着一大块切达奶酪的迷宫里跑?"扎克问,"或者摸摸你的肚子,拍拍你的头,要

你倒着背诵英文字母?"

"够了,扎克,"老妈说,"吃掉你的豌豆。"

我指着吃得干干净净的盘子说:"我现在可以用电脑了吗?"

"你的家庭作业做完了吗?"

我很想直接提醒他们,现在是星期六晚上,我明天有一整天的时间可以做功课。但我不想冒险。"做完了。"我撒谎道。我告诉自己说,我会因为说谎而有罪恶感,这样应该就不算太过分了。我会做三件好事来弥补这个说谎的罪行。

"为什么她可以在晚餐还没结束时就离开餐桌?"贝思向老妈抱怨,"我今天晚上和寇特妮·布伦特有计划,我也可以离开吗?"

"你的朋友听起来就像肥皂剧里的人物。"扎克说着,念起肥皂剧里的台词来,"噢,寇特妮,你那像丝一样的秀发,以及像牛奶一样的白嫩肌肤,是我全心所向往的!嫁给我吧!"他的笑声形成一朵灰蓝色的云,也就是天上会下毛毛雨的那种云。现在我非常留意所有的"声音影像"。杰瑞教给我这个词:声音影像。我喜欢它。

"至少我有朋友!"贝思嘲讽地说。

"我们也有朋友啊,"扎克说,"是不是呀,米雅?"

"不是很多。"我回答,起身把盘子放进水槽里。

扎克坐回椅子里,抱着双臂,而贝思则瞪着我们两个。我从口袋里拿出那张写着网址的纸条,走进老妈的书房里。那是我们家里放电脑的地方。我关上身后的门。

我打开电脑,键入我的密码"M-A-N-G-O"①,然后等着连上网络。一连上线,我就马上输入网址,甚至没有心思先检查我的邮件。即使我的信箱里有任何邮件,可能也只是珍娜寄来的。要等到电脑跑完所有防止小孩子浏览不正当网站的程序之后,我才能连上网站。爸妈安装的过滤程序实在太多了,如果还能有哪种网站通过所有的过滤,还真是个奇迹。

欢迎来到共感觉者的世界!

当网页缓慢地加载时,一个大标题跳了出来。我很惊讶这个网站本身竟是黑白的。然后我读到了第一段文字:"为所有共感觉者着想,本网站的所有文字都以黑色字体呈现。许多能看到彩色字母的网友曾经抱怨,如果本站所使用的

---

① M-A-N-G-O:意思为芒果。

彩色字体与网友各自所看到的字母色彩不同，会使得他们读起文字来非常吃力和沮丧。因此，我们努力让每位网友都满意。请记住，某人的绿色字母 r，可能是另一个人的土耳其蓝！"

我向后靠坐在椅子上，觉得很不可思议。我只读了开场白的第一段文字，就已经对自己有了新的了解！我想起每次必须阅读黑白以外的彩色字体，例如杂志广告或书本封面时，我就会头晕，因为它们的颜色跟我看到的字母本身的颜色不一致。所以通常我都尽可能地避开必须阅读彩色字体的场合。我已经对这个群体产生了一种归属感。当我将网页画面往下拉的时候，我不禁心跳加速，手指也有一点颤抖。身边的电话机响了，我不想分神去接。这些电话铃响，产生了红色的漩涡。

我发现只要填一份个人档案提交给网站，就可以与其他的共感觉者通信。通常老爸老妈不会愿意让我把电子邮件地址给别人，但是我想这次他们应该不会介意的。我输入我的名字、邮件地址、年龄及共感觉类型。在兴趣与嗜好那一栏，我写下"画画，音乐，户外活动，以及我的猫"。我正要点击"发送"，老妈走进书房里来了，于是我向她征询意见。

她走过来,盯着屏幕。

"继续吧,"她说,"如果威斯医生认为这个网站不安全的话,他是不会把网址给你的。"

"叫他杰瑞。"我纠正她,然后等着她离开。可她仍然站着不走。

"我是来告诉你,你学校里有个男生打电话来了。他说想跟你讨论什么历史作业的事情。为什么我完全不知道有这回事?"

我转过头去望着她。"一个男生?"我问,"罗杰·卡森?"

"没错,就是这个名字。他听起来很紧张,你最好快接电话。"

我一直都在躲避罗杰以及和我同组的其他人。现在我真的不想和任何人说话,尤其是谈论有关学校的事情。"你可以告诉他我稍后再打给他吗?"

"我可以,"她说,"但是我不想。"

我叹了一口气,等她离开之后,才接起电话。"嗨,罗杰,"我急促地说,"我们可以星期一在学校里谈论这件事吗?"

"你知道我们是唯一还没有选定题目的一组吗?"他不给我任何回答的机会,就继续说,"我们这个星期必须碰面讨论,我真的必须在历史这个科目拿到好成绩。"

我一边听他讲话，一边把我的个人档案发送到共感觉者网站上。等我发送完了，我才发现他在等着我回答。

"随便你想什么时候碰面讨论，我都没问题的，"我告诉他，"只要把时间告诉我就好了。"

"星期一可以吗？"他建议。

"可以。"我说着，开始浏览网站上我可以下载的文章标题。杰瑞说得没错。大部分的文章都是学术期刊上的论文，带着长长的标题，比如"关于共感觉之跨感官感觉实为各种认知刺激之结果的研究"。如果我连标题都看不明白，也就不太可能读懂文章内容了。我正琢磨着，突然发现罗杰还在讲话。

"你说什么？"我问。

"我说，我们午餐时间在学校餐厅里碰面，商量出一个题目，可以吗？"

"你想要在午餐时间讨论？"我惊讶地问。

"为什么不？"罗杰反问。

上中学之后，我就没有和朋友之外的其他人一起吃过午餐了。而且，我从来都没有和两个男生同坐一桌。不过，我想如果我们挑选一张后排的桌子，也许就没有人会注意到我们了。"没事，可以。"我说，试着让自己的语气听起来很真诚。

我点击打开一篇文章,里面有很多长长的专业术语,我只好退出来,再去点击下一篇文章。

然后我继续回去听电话,罗杰正在说:"准备一份建议的题目清单,可以吗?"

"当然。"我说,甚至不知道自己答应了什么事情。我挂上电话,把全部的注意力都放到电脑屏幕上。我读了一篇文章,说的是一位女士去针灸诊疗所的体验,当针插到她身上时,不可思议的颜色与形状就会出现在她面前。另一位女士说她喜欢在泡热水澡的时候听音乐。她说泡澡的蒸气会让颜色有一种全新的气象。看了一个小时之后,我的眼睛开始发酸。我瞄了一眼电话。我是什么时候跟罗杰说再见的?我们的对话究竟是如何结束的?我耸耸肩,关掉电脑。不论刚刚那通电话是怎么结束的,想必它都不会太重要,否则我应该会记得的。我发誓要尽快尝试边泡澡边听音乐那件事。至于针灸,就不是那么吸引人了。

住在黑白世界里的所有的人,不会知道自己究竟错过了哪些精彩的事情。

向日葵般黄色的A

星期日早上我起床后的第一件事,就是骑着自行车直奔超市。超市还没有开门,收银员还在整理收款机。我正在遗憾没看见我遇见比利那晚替我们结账的女人,她就突然从背后出现了,手里抱着一大堆卫生纸卷。我赶紧奔向她,拍拍她的肩膀。她吓得跳了起来,手中的卫生纸卷顿时满天飞。我不好意思地帮她把卫生纸卷捡起来,堆成金字塔的形状。

"我很抱歉。"我说。

"我能帮你什么忙吗?"她担心地问。

"是的,我几个星期前来过这里。你也许不记得我了,可是当时这里有一位女士……"我停了一下,突然觉得自己很愚蠢,"而她的儿子……他大约五岁,我在想,不知道你是不是记得他们?他们的姓是亨克尔。"

那位女士摇摇头:"你知道每天有多少人来这家超市买东西吗?我能记得住自己的名字就算幸运了。"

"没错。"我说着,感觉希望正在一点点消失,"无论如何,还是谢谢你。"

我以最快的速度骑着自行车冲回家。到家后,我把车丢在路边,冲进屋里。虽然不太可能已经有人读过了我的个人档案,但是我等不及了。我进入邮箱,"你有新邮件"的讯息立刻跳了出来。有两封是珍娜寄的,一封是金柏莉寄的,还有一封信来自一个陌生的邮件地址。

"上帝保佑它不是什么愚蠢的广告。"当我点开这封神秘的信时,我大声地说道。

亲爱的米雅:

欢迎加入共感觉者联络名单!我的名字是亚

当·狄克森。我十四岁,读九年级。我住在波士顿,有彩色的听觉,能看到彩色的数字和字母(就像你一样)。我也有彩色的味觉,不过只有一点点。如果你想跟我聊聊,请回信给我。哦,对了,我也喜欢户外活动。我还喜欢写诗,虽然我并没有让我的任何一个朋友知道。所以,如果我们变成朋友,你必须忘记我告诉过你这件事。请尽快回信给我。

亚当

附:你有自己的电脑吗?我有。

"你在笑什么?"扎克走进来的时候,这样问道。他的头发直直地竖起着,嘴边还残留着牙膏。

"没事。"我高兴地回答。

他弯下腰来仔细看我,趁机偷看了电脑屏幕一眼,我赶紧把屏幕遮起来。"谁是亚当?"他问,"你的男朋友?"

"出去,扎克。我很忙。"

"我才不出去呢,轮到我用电脑了,你昨天就占用了整个晚上。"

"你难道没有什么卡通片可以看吗?"我问。

"我已经到了不看卡通的年纪了。"

"从什么时候开始的?"

"从现在开始。"

我现在心情很好,不想跟他争辩,所以我大度地告诉他再过十分钟就让他用。他勉强答应了。当我独自留在屋里时,我回到了那个空白的邮件回复页面。我有好多事想问亚当,但是我不想一下子吓坏他。

亲爱的亚当:

  谢谢你的欢迎。我痛恨和我的家人共享一合电脑,这真是一件令人讨厌的事,你知道的。我最近才知道,我能看到各种颜色并不代表我疯了,也不是患上了某种糟糕的疾病。我是从芝加哥大学的杰瑞·威斯医生那里得知这些事情的,然后觉得这还挺酷的。你说你有彩色的味觉,是不是像这样:绿色花椰菜尝起来像蓝色,或者蓝色尝起来像绿色花椰菜?请尽快回信。

米雅

附:这是我寄给男生的第一封邮件。

再附:我不会跟别人说你喜欢写诗的。

趁自己的勇气消失之前，我赶紧把信发送出去。利用电子邮件和别人交谈，比面对面交谈容易多了。我觉得自己交了一个新朋友，甚至不必离开家门！爷爷生前有一份大约五十人的笔友名单，都是他在网络上认识的，而且他们定期通信。他在不同的网络聊天室或是打桥牌的网站上遇到这些人。有一次他跟我说"青春就是要浪费在年轻人身上的"，并且说在他这个年纪很多人都很害怕电脑，实在是很可惜。爷爷过世之后，老爸发邮件给爷爷所有的笔友，告诉他们这个消息。其中有些人至今都还在写信给老爸。

我正要打开珍娜的信时，扎克回来了，强烈要求该轮到他用电脑了。我退出网站，让扎克去搞他的诡计，不论他脑袋里在打什么鬼主意。有一次，因为扎克在网上填了一份调查问卷，我们家收到了足够吃一个月的墨西哥起司饼干。这倒不算太坏。

我上楼回到我的房间，试着画画，但无法集中注意力。在调色盘上混合颜料，只会让我想起那些彩色的字母，而彩色字母又让我想起杰瑞，接着是我的新朋友亚当，而亚当则让我想要再去检查邮件。于是我逼自己开始着手写《苍蝇王》的读书报告。和书里那些残忍的孩子比起来，我的同学顿时变得没那么坏了。

我决定出去呼吸一下新鲜空气。芒果一定又躲到哪儿

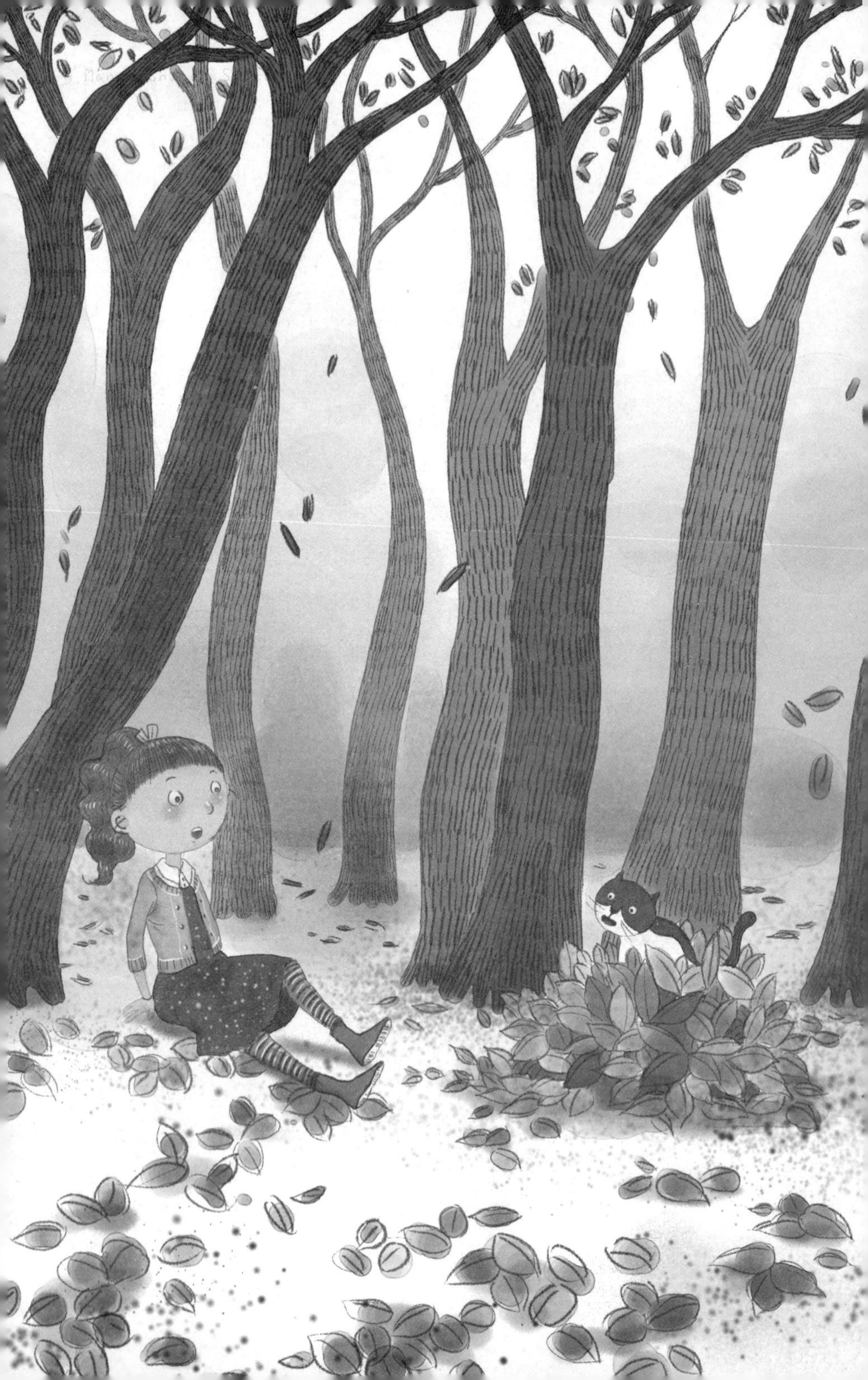

去了,但这次我不想再去找它。外面很清冷,正像十月初该有的天气。空气中没有一丁点下雨的迹象。河谷里的某户人家一定是燃起了壁炉里的火,因为我闻到了柴火的味道。我那野孩子的本性占了上风,我跑过草地,跳进一堆老爸刚刚堆起来的枯叶中。

"咿哟!"我身子底下有个东西发出了喊叫。我赶紧站了起来,却在枯叶上滑了一跤,最后四脚朝天,屁股重重摔在地上。那堆枯叶摇颤了几下,芒果从里头钻了出来,背上的毛刚刚被我压得竖了起来。我们彼此互望了一分钟,然后我温柔地把它扑倒在地上。当它还是小猫的时候,它常常喜欢假装自己是狗。我们会一起打滚,它会吱吱喵喵地叫,然后等着再次打滚。几分钟之后,我面朝天躺在地上,芒果趴在我的胸前,开始大声地呼噜呼噜叫。秋天是爷爷最喜爱的季节,也许这也是为什么芒果会如此心满意足地叫。我盯着明亮的蓝色天空,好奇亚当会是什么样子的。他是否也会好奇我长什么样?这时我突然想到,也许他是一个老男人假扮的十四岁男生。我紧张起来,决定回家去,再写封信给他。芒果跟着我走进厨房,但它走到猫食盆旁边就不再跟我走了。

扎克不在书房了。于是我登入电脑。

亲爱的亚当：

我要如何知道你不是一个假扮十四岁男孩的老男人？我需要证明。

米雅

附：我的名字对你来说是什么颜色？你的名字是淡淡的黄色，就像葡萄柚（不是粉红葡萄柚）的果肉的颜色，质地也有一点像葡萄柚，不过是像葡萄柚的外皮。

现在，我想我可以一整天坐在这里，就为了等候一封回信。这情形可能会有一点点悲惨，但我不觉得每个小时查看一遍邮件有什么不对。或者甚至每半个小时。我努力在接下来的半个小时内专心地做别的事。我做了三道数学题（很可能做错了），还吃了一碗麦片。半个小时一过，我又登入计算机，可惜只找到了之前我没有阅读的信件，是珍娜和金柏莉寄的。我仍然不想打开来读。

又过了半个小时，还是没有新的来信。

一个半小时之后，还是没有。于是我读了珍娜的信。这些信的内容，跟她上星期已经告诉我的事情一模一样。

我去帮助老爸清洗直升机。清洗完之后，他让我和扎克坐进直升机里。扎克溜进驾驶舱里，检视着那些仪表板，仿佛知道该怎么操作似的。他问老爸他什么时候才可以开始上驾驶课，老爸说让他等到十七岁。扎克驾驶飞机，这可是个非常可怕的想法。当他忙着制造出飞机飞行的噪音时，老爸示意我跟他走下飞机。他整理了一下身上那件法兰绒衬衫的衣领。要不是我对他很了解的话，会以为他现在很紧张。

"一切都还好吗，老爸？"

"我正要问你这个问题。"

"我很好。"我很快地回答，"为什么这么问？"

"你还记得几年前的夏天吗？我们送你去夏令营，那里的游泳教练不让你从蛙泳组转到蝶泳组。"

"是啊，我记得。"

他用一只手轻松地撑在直升机上，我等着他继续说话。见他没有说下去，我便问他："你到底想说什么？"

"我只是想说，"他说，"我会在这里支持你，如果你需要我的话。"

"谢谢你，老爸，我会记住的。"我决定不告诉他，当时我在深水处拍水时，差一点把另一个参加夏令营的小孩子淹死，所以后来才又被送回蛙泳组。

两个小时后，还是没有亚当的回信。我努力控制住失望的情绪。我的最后一封信没有把他吓跑吧？除非他不是他所宣称的人。我终于读了金柏莉的来信。她说自己喜欢上她体育课上的一个男生了，那个男生还在念七年级，但她说他看起来成熟多了。她要我保密，别告诉任何人。我看到她同时还把这封信抄送给莫莉、珍娜和莎拉，所以我哪还有什么人可告诉的？

晚餐之后，我最后一次坐在电脑前。等候网络连接的时候，我试着用意念发送出好的念头。也许我应该求贝思为我施一个魔法，让亚当回信给我。我真的很渴望亚当的回信。

我所释放的好念头一定奏效了，因为邮箱里有三封来自他的信！三封！

第一封信是：

亲爱的米雅：

你真是个有趣的人。我从来也没有认为自己发疯了，因为我妈妈也有彩色的听觉。我讨厌绿色花椰菜，所以从来没有吃过。让我们用巧克力来举例吧！如果我吃了一块巧克力，就会看到一个粉红色的长方形，底部有绿色条纹。它就出现在我眼前，看起来有点像微风中飘扬的旗子。如果是浓巧克力，那粉红色就会深得几乎像红色。

这种彩色味觉只发生在吃少数几种食物的时候。而且当我继续吃东西时,那些影像就会消失。

我们共感觉者必须团结在一起,我们才是真正了解彼此的人。对了,我以前见过杰瑞,他人很好。

我保证,我不是一个老男人,我甚至还称不上是个男人。我想,我应该算是一个年轻人吧,因为每当我妈对我生气的时候,她就会说:"别那样,年轻人!"事实上,昨天晚上当我记不清第几次错过宵禁时间时,她就那样喊了一次!

亚当

如果他常常错过宵禁时间,那他一定过着比我更精彩的生活。如果我错过了宵禁时间,老妈数落我的话语肯定也更多。

第二封信是:

亲爱的米雅:

你长什么样子?请不要误会,我只是觉得如果我能想象你的样子,那么一切就会更容易了。这不重要。哦,算了,请忘记这件事吧!我要把

这封信删

第三封信：

亲爱的米雅：

　　我本来想删掉前面那封信的，结果按错按钮了。呃，真的，你长什么样，真的不重要。但是，好吧，让我告诉你我的长相。我长得很普通，一般的身高，一般的体重，棕色眼睛，卷曲的深色头发，每天早上刚起床时发型都很糟糕。但你可以把我想象成你希望的样子。我不是说我也会按照自己的希望来想象你的样子。哦，算了，别介意！

　　亚当（一个通常听起来没有这么愚蠢的人）

　　我很兴奋很激动，我很好奇这是否就是金柏莉每次喜欢上一个男生时会有的感觉。我不是说我喜欢上亚当了。我是说，我甚至还不认识他呢！可以前从来没有男生写过电子邮件给我。我转过头去，确定书房的门是关上的，然后我开始打字。

　　亲爱的亚当（听起来没有那么愚蠢的人）：

　　我该从何说起？拥有色彩的味觉听起来真的

很酷，我很嫉妒！也许我会一直吃巧克力，直到我也开始看到某种影像！为了让你也能想象我的样子……我也有棕色的头发，是波浪形的，说实话，有时候很乱。我的眼睛是绿色的，个子属于矮的。我爷爷曾经说我太瘦了，几乎可以在雨滴的缝隙间穿梭。但那是很久以前的事了。

你曾经希望自己是正常的吗？我在学校的表现很不好！嗯，也不是全部都很糟糕，但也已经够糟的了！

米雅

附：你觉得杰瑞长得像年轻时的保罗·纽曼吗？我妈这么认为！

我正要关电脑的时候，老妈走进来，脸上带着严肃的妈妈们都会有的表情。

"昨天晚上，那个叫罗杰的男生打电话来干什么？"她问。

"他是我历史课上同组做作业的男生。"我说，希望这能让她满意。说完我就想离开房间，但她并没有从门边移开。

"究竟是什么历史作业？"她噘起嘴唇，问道。

"我告诉过你的,"我坚持道,"你知道的,就是有关美国人现在会觉得可耻的美国历史事件啊。"

她摇摇头。

"那份占了我们学期总成绩一半分数的作业?"

她再次摇头。

"哦,"我说,"哈,好吧,就是那个作业。晚安。"

"没这么快。"她说着,伸出一只手臂,挡在我面前,"你最近很不专心,有时候我都担心天花板掉在你头上你都不会注意到。你的数学家教再过几天就要来了,你必须准备一下。也许,我们应该试着找一个能快速清除这个问题的医生。"

我惊恐地望着她。我不可能去看更多的医生了,尤其是一个会"清除这个问题"的医生。

"那个叫罗杰的男生在电话里听起来很紧张,"她继续说,"我希望你不是用那台电脑来玩——"

"妈,"我打断她的话,"一切都在掌控中。别担心。"我硬挤过她身边,朝我楼上的房间走去。在爬楼梯的时候,我对自己重复着这句话:"在掌控中,在掌控中。"我从柜子里拿出美术作业,盯着它。凯伦说这幅画显示出我对康定斯基的风格很了解,但是我的构图太夸张了。可是我所做的,只是把我看到的东西画出来。我把这幅画塞回柜子里,却突然发现自己正在好奇亚当会对这件事有何感想。我打开数学课本,然后又把它合上。我还很好奇亚当是否喜欢数学。

第二天早上,扎克、珍娜和我在等校车的时候,冷得直发抖。

"我听说,这个星期会来一位新的校车司机。"扎克宣布。

"很好,"珍娜低声说,"上次换司机时,我们一直到第二节课才赶到学校。"

"可那是件坏事吗?"我问。

"对了,米雅,"珍娜摩擦双手来取暖,"你昨天应该打电话给我的,我以为我们有一个……"她瞄了扎克一眼,然后压低声音,更小声地说,"一个犯罪同伙任务。"

我也小声地回答:"我们有吗?"

她把我拉到一旁。"爱情药水啊!"她说。见我完全不知道她在说什么,她便转转眼珠子。

"我们几个人说,要用你姐姐的魔法材料,替金柏莉制造一些爱情药水!"

"为了她喜欢上的那个七年级男生?"我问,"我这个周末才读了她的电子邮件。"

"我们这个星期的午餐时间都在讨论这件事啊,你都没有在听吗?"我本想争辩我在听,但我和珍娜都知道那是谎话。

"我们今晚执行这个任务,好吗?"我答应了她,虽然我原本一直盘算着今晚试试那个在浴缸里听音乐的实验,可我不希望珍娜再对我生气了。

"我就知道是这样。"她小声地说,"那中午由你跟金柏莉解释吧,告诉她为什么我们现在还没弄到爱情药水。"

当校车终于停靠在我们的站牌边时,我很高兴可以上车了。

午餐时间,就在我忙着跟金柏莉解释时,有人在我肩膀上重重地拍了一下。我转过头去,看见了罗杰。他看起来不怎么高兴。

"什么事?"我说。跟我一桌的人都在注视他,除了莎拉以外,她仍然把鼻子埋在书本里。

"我们应该一起吃午餐的。"他说,咬牙切齿地微笑着。金柏莉马上吹了一声口哨,罗杰的脸立刻涨红了。

"我们的历史作业,"他赶忙说,"记得吗?"

我想了一分钟,说:"我记得我忘记了一件事情,这算不算?"

他看起来并不觉得这很好笑。"我们现在可以去讨论历史作业了吗?"他指着餐厅里最后一排的桌子,"每个人都在等你。"说完他转过身去,快速跑开了。我记得他上个月在体育课上扭伤了脚踝。瞧,我可不是每件事情都会忘记。

"我想他真的很生你的气。"珍娜说。

"天啊,你怎么看出来的?"我问。

"他连耳根都涨红了!"她回答,"你刚刚是真的要放他鸽子吗?"我知道她其实还想多加一句:"就像你昨天放我鸽子一样?"

我把吃了一半的三明治丢进午餐袋子里,觉得自己开始愤怒了。"就算我是,那又怎样?"我说。

莎拉从书本里抬起头来。"那很不负责任,米雅。"她说。

"很好,"我说,用力地将椅子往后推离桌子,"我本来就不认为你们之中有任何人会了解我经历了什么事情。我很抱歉,学校的事情不是我现在优先考虑的事,甚至不是第二位。"

我拿起我的东西,朝罗杰的桌子走去。身后金柏莉在问珍娜我到底有什么问题,仿佛我才是有问题的那个人。

我坐到我的同组成员那一桌,给他们一个漫不经心的微笑。没有人对我微笑,只有罗杰朝我这个方向点了点头。乔纳和劳拉正在争辩着。我喝了一小口巧克力牛奶,仔细听他们在吵什么。

"我只是不认为投掷原子弹这件事符合资格,毕竟那是一场战争。"乔纳一面说,一面拨开他眼睛前面的长发,他的头发很长,几乎可以像女生一样编成辫子了,"另外,除了奴隶制度之外,其他组的每个人都会选择这个题目的。"

"这么显而易见的问题,你觉得有什么不对吗?"劳拉反问道,吞下了一大口巧克力蛋糕。从我坐着的这个位置,可以看到有一块蛋糕粘在她的牙套上了。"这会让研究工作更容易一些,不是吗?"

"我希望我们的作业是独特的,"乔纳说,"这样我们才能拿高一点的分数。罗森堡夫妇事件如何?"

"谁?"劳拉问。我也不知道罗森堡夫妇是谁。

"20世纪50年代,政府指控他们夫妇是间谍,把他们处死了。"乔纳激动地说,头发在面前甩来甩去,"他们是第一对被处死的夫妇,也是美国平民百姓第一次在和平时期因为间谍罪被处死。这件事一直很受争议。"

"他们真的是间谍吗?"劳拉问。

"很可能是被诬陷的,"乔纳回答,"我想政府只是想拿他们杀鸡儆猴。这个题目会使这份作业很完美。"

"等等,"罗杰突然急切地说道,"我知道我们能做什么题目了,米雅也知道!"

我差点儿被我的牛奶呛到。"我知道?"

"你还记得五年级的时候,你在美术课上做了一艘奴隶船的模型吗?"

"罗杰,我们已经决定不做奴隶制度这个题目了,"乔纳说,"罗森堡夫妇事件有什么不好?"

"没有什么不好,"罗杰马上回答,"但是,我认为这个奴隶故事没有太多人知道。"

"这里也没有其他人知道有关罗森堡夫妇的事。"乔纳对着他的汽水罐,喃喃地说。

"时间过了这么久,你还记得我的奴隶船?"我问。

罗杰耸耸肩:"我认为它真的很棒,它还能浮在水上。"

我回想起那艘船,微笑道:"只浮在水上大约十秒钟,它就解体了,结果模型的纸浆还堵塞了美术教室的水管,整整堵了一个月的时间。"

"那艘奴隶船有什么特别的?"劳拉问。我实在很想告诉她蛋糕粘在她牙套上了。

"这是一艘很特别的奴隶船,"罗杰不耐烦地回答,"我们的美术老师给我们讲过这艘船的故事。记得吗,米雅?"

我确实记得,毕竟历史是我最擅长的科目。此刻既然大家都对我有所期待,我便坐直了身子。"她告诉我们那艘从西非开来的船上载满了人,他们称自己为艾波人。"我暂停了一会儿,回想着与事件发生日期有关的颜色,把颜色转译为数字后,我得到了1803这个年份,"这艘船在公元1803年登陆美国,可是船上的人宁死也不愿变成奴隶。所以他们一边唱着歌,一边走进海水里。最后大部分的人都淹死了,那些奴隶贩子很愤怒。"

"你们认为这个题目如何?"罗杰问道,逐个凝视每个人。

乔纳首先开口:"为什么我们从来没有听过这个故事?"

罗杰耸耸肩:"我不知道,也许是因为你们没有碰到对的老师。"

"我认为这个题目很棒,"劳拉说着,把塑料叉子插在最后一口巧克力蛋糕上。

"我们就做这个题目吧。"乔纳说。

罗杰朝我微笑,仿佛这一切都是我的主意。但我所做的只是记得那个故事罢了。"好吧,"他说,把午餐袋子里的碎屑倒出来,"我们下个星期在我家碰面讨论吧,分配一下工作。除了星期三之外,哪天都可以。星期三我得去做针灸,治疗我的脚踝。"

我立刻想到了在共感觉者网站上读到的那位女士的故事。她说针灸很不可思议,使她的共感觉症状和她的感官全都复活了。也许那种情形也可以发生在我身上。

大家商量的结果是,星期二放学后在罗杰的家里讨论。到时候我必须请贝思来接我回家,我相信她会很高兴的。劳拉和乔纳开始争论该如何分配工作,我决定趁机问罗杰几个问题。

"做针灸会痛吗?"我问,"他们是不是把很长的针插在你身上?"

"针插进去的时候会有一点点痛,"他说,"不过有时候他们会捻针,或者在针的末端接上电流。有一点不舒服,但并不会真的很痛。你为什么要问这个?"

我的大脑快速转动起来。如果不是很痛,也许我应该试试。一切都是以研究为名义的,不是吗?如果我能看到那位女士所看到的,哪怕只有一丁点儿也好,我就可以永远留存着那些影像,我敢打赌,我画出来的画作一定也会很不可思议。

我听到罗杰在叫我的名字,但听起来似乎是从很远的地方传来的。我满脑子想的都是那位女士所描述的那些颜色。

"米雅!"罗杰大声地喊道,把手放在我眼前挥来挥去,"我刚刚问了你一个问题!"

就在此刻,下一节课的上课铃响了。我把我的纸袋丢进垃圾筒里,发现罗杰还站在那里。

"什么事?"

"我问你为什么想知道有关针灸的事情。"

"没有什么原因。"我告诉他。我暗暗提醒自己记得今晚想出一个好理由。

"好吧,"他把书包挂在肩上,目光从我身上移开,"那回头见!"还没等我响应,他就冲出了学校餐厅。我独自走向数学课教室,真心希望这一天已经结束了。我到了教室,看到一大群人站在黑板前摇着头。只见黑板上用斗大的字体写着"今天进行随堂测验"。老师走进教室,通知我们只有两分钟的时间用来复习上星期教的基本代数公式。

我的第一个本能反应是躲进厕所里,可如果真那样做,我绝对会不及格的。而如果我参加这次小考,也许可以勉强拿个 D。我赶快跑到桌子旁,翻开数学课本。只要我能足够专心，硬记住那些公式至少是绝对做得到的。我伸手在书包里找铅笔，结果摸到了美术课上使用的魔术马克笔。我把那几支不同颜色的魔术马克笔拿出来，脑子里闪过一个念头。我以前从来没有作过弊，但我不能再有一次数学不及格了，那实在太丢脸了，而且暑期补课是件太恐怖的事情。离考试开始只剩一分钟了，我赶紧打开笔盖，在我的牛仔裤上画了一道彩虹。只不过它并非真的是一道彩虹。褐紫红色是 x，灰色是 y，浅蓝色是 z，黄色是 a，棕色是 b，红色是 c。这样应该可以了。我所做的，只是让颜色按照正确的顺序排列，这样一来，我只要瞄上一眼，就知道公式是什么了。

二十分钟之后，小考结束了，老师在讲台上打分数。我们本应该预习下一课的内容，但我总是忍不住去偷瞄老师。改完分数之后，她站起来，把考卷发还给我们。

"很好，米雅。"她说着，把考卷轻轻地放在我桌上。她在我身边停留了 秒钟，然后才移步到我后面的男生那里去。

我终于拿到我所憧憬的又大又漂亮的向日葵黄色的 A 了。我太以自己为荣了，以至于忘了应该觉得可耻。

9
水蓝色的鼓声

"拜托,贝思,别人也要用浴室。如果我们错过校车,你就要负责载我们去学校。"我拍打着浴室的门,扎克无精打采地靠在我旁边的墙壁上,"你已经在里面待了一小时了!"

"我在刮毛!"贝思大叫道,"你们希望我把自己刮伤吗?"

"你真的希望我回答这个问题吗?"我答道。

一分钟之后,浴室的门打开了。我还没反应过来,扎克已经瞬间恢复了精神,抢先我一步冲了进去。

"你最好训练一下你的反应能力。"贝思经过我身边的时候这么说。她的头发上包裹着毛巾。

这是家里的老大能享受特权的时刻之一。现在我没有时间冲澡了,但我也许可以去看看亚当是否来信回答有关针灸的问题。我穿上衣服,冲到楼下。

亲爱的米雅:

针灸听起来很不错!如果你想装病,我建议你假装耳朵痛。我只做过一件试图改善共感觉症状的事情,就是在有一年圣诞节用蛋酒把自己灌醉。不过教训很惨痛,因为那之后的五个小时,我所看到的景象都是厕所马桶的内部……无论如何,你应该尽管去尝试一下针灸,就算必须瞒着你的父母也没关系。如果你需要的话,我可以给你弄一张伪造的医生证明。

让我知道你的想法。

亚当

伪造医生证明听起来有点极端了,可如果我直接开口问老爸老妈,他们是绝对不会让我去做针灸的。我很幸运有亚当和我通信,不只因为他是唯一了解我的人,还因为我最近似乎必须与家里的每一个人作战。就在昨天，我跟扎克说我太忙了，没有时间帮他准备他的词汇考试，他就指控我表现出了一副很优越的样子。我告诉他说，也许，只是也许，我的大脑确实比他的大脑更优越，而我看到的颜色其实是人类进化史上的一大进步。他却反驳我说很有可能是进化史中的某种返祖者，然后就开始叫我"进化的缺环"。我不觉得这很好笑。

"米雅，"当我离开小书房的时候，老妈叫我，"有人打电话找你。"

我飞快地删除了那封信，跑到楼上老妈的房间，接起电话。"是杰瑞打来的。"她说。我无法猜测他要做什么，但是我的确松了一口气，幸好不是我的数学老师打电话来指控我作弊。我对着话筒说了一声哈啰。

"嗨，米雅。你妈妈说你正要赶去上学，所以我长话短说。我们最近得到一笔赞助基金，要在感恩节的周末组织一个共感觉者的聚会，彼此交换心得。到时将会有小组讨论，基本上与会的所有人都有机会向彼此学习。你是幸运儿之一，因为你住的地方离这里只有两个小时的车程。你想要参加吗？"

我睁大了眼睛。"当然想了！"

"很好。让你妈妈再接一下电话吧，我会把细节都告诉她。"

"好的。"我说,"嘿,我可不可以带一个跟我一样有共感觉状况的人去?他的名字是比利·亨克尔。"

"当然可以。请他的父母跟我联络吧。"

"可我并不知道该如何联络上他的父母。"我坦承。

"但你知道他的姓氏,不是吗?查电话簿就行了。"

啊,我究竟是出了什么问题?为什么之前都没有想到这一点呢?我觉得自己像个大白痴,无比懊恼地把电话交回给老妈。

"谁是比利?"老妈用手捂住电话筒问。

"我稍后再告诉你。"

"我快要赶不上你交男朋友的速度了。"

"啊?"

她挥手要我离开,自顾自地记下杰瑞告诉她的信息。站在旁边等她的时候,我从她的床头柜下方拿出电话簿。我搜寻着以字母 h 开头的部分,但并没有找到本镇或隔壁镇上有亨克尔这个姓氏的电话号码在上头。我试着用能想到的所有方式来拼这个姓氏,但是运气不太好。我在磨损得很严重的地毯上来回踱步,直到老妈挂上电话。

"什么男朋友?"我重复我的问题。

"不用觉得不好意思,"她说,"你弟弟跟我提过你的那些男朋友了。"

"他都告诉你什么了？"

"你快要错过校车了，"她一面说，一面检视床头柜上的闹钟，"别忘了今天放学后你的数学家教会来。"

"妈，拜托，我没有男朋友。"

"罗杰和亚当？"她问道，咯咯笑着，"你们这个时代的孩子成长的速度好快。"

"罗杰？"我咬牙切齿地重复道，"他只是我班里的同学。而我甚至还没有和亚当见过面。我要去揍一顿扎克！"

我冲出老妈的房间，抓起上学要用的东西，然后快速走到街边去等校车。如果真是扎克编造出有关罗杰与亚当的那些事，这表示他一定对我非常生气了。通常这是贝思才会做的事，而不是扎克。我甚至没发觉扎克居然知道罗杰的名字。

我赶到站牌时，校车刚好抵达。上了车之后，我瞪了扎克一眼，然后跑去和珍娜坐在一起。现在我和珍娜之间有一种奇怪的气氛，仿佛我们仍然是最好的朋友，但却又不太一样了。我不知道她是否也注意到了这一点。最近她完全专注于筹划她的生日派对。我试着对她挑选的装饰感到兴奋，但实在很难。我的脑子里装满了这么多更重要的事情。我本想告诉她有关亚当的事，但是她完全不给我机会。

放学之后,在回家的校车上,珍娜仍然在谈论着她的派对,我很高兴我必须直接回家去见我的数学家教。就在我把书包丢在家里楼梯的底部时,我听到一个陌生的声音说:"别担心,温切尔夫人。米雅将会表现得很好,你等着看好了。"

我蹑手蹑脚地走下走廊,把头探进厨房里。老妈正和一位看起来大约十八岁的女孩坐在餐桌旁。那个女孩有着又长又直的棕色头发,梳成中分的样式,还有一双闪亮的绿色眼睛。她脸上挂着灿烂的微笑,身穿一件低领的衬衫。

"米雅,这是你的家教,萨曼莎。"

"嗨。"我说。我觉得自己和这个女孩似乎是完全不同的人种。

"我就让你们两个开始办正事吧,"老妈说完,便起身离开,"祝你们愉快。"

"我们会的,温切尔夫人。"萨曼莎亢奋地说。

她把一张椅子拉到她旁边,示意我坐下来。我看见她已经把纸笔和教科书摊在桌子上了。等她开始讲话的时候,我心想还不如回到珍娜身边听她谈论她的派对。"现在,米雅,"萨曼莎高兴地说,"数学也只是一个概念而已,虽然它表面上看起来不像。一个数学等式是要求你在操弄其他数字之后得到另一个数字,而这个数字代表的是数量。我们要教你用不同的观点来看待数学。我们会在空间里把这些等式一一拼凑出来，直到你觉得你可以碰触它们，抓住它们。这听起来是不是很棒？"她几乎快要飘浮起来了。

我真希望自己能配合她的热情，可是此刻我的数学困难似乎不像以前那么重要了。毕竟，我在上次小考里得了一个A。但是萨曼莎是如此急切地想帮助我，所以我说："是啊，听起来真的很棒。"然后强迫自己把注意力放在数学家教课上。家教课上到一半的时候，扎克回到家，直接冲进了厨房里。

"噢，抱歉，"他说，立刻刹住脚步，盯着我们，"我不知道你有朋友在。"

我叹了一口气，介绍道："萨曼莎，这是我弟弟扎克。"

"很高兴见到你。"她说，并且伸出手去。

扎克似乎被她吸引住了，当他握住她的手时，我真怕他会亲上一口。他在厨房里磨蹭了好几分钟，用史上最缓慢的速度替自己做了一个花生果酱三明治，而且目光一直都盯着萨曼莎。扎克从什么时候开始喜欢女孩子了？

"跟萨曼莎说再见吧，扎克。"我终于对他说。

他缓慢地退出厨房，仍然盯着萨曼莎不放，嘴角露出诡异的微笑。而萨曼莎要么是真的没有注意到，要么就是已经对这种注视习以为常了。两个小时之后，她终于筋疲力尽了，我也觉得自己快要因为过度专心而爆炸了。我送她走出前门，然后跑去查看不断传来噪音的工具室。只见贝思和扎克都用单脚站立，双手高举在头上。他们的眼睛都闭着。

"用鼻子吸气，屏住，然后用嘴巴吐气。"贝思用一种缓慢平静的声音说着。我满心疑惑地看着他们。突然间，扎克失去了平衡，翻倒在地，差点把贝思也一起撞倒了。

扎克从地板上抬头看着我。"你觉得怎么样？"他问，"我穿这套瑜伽服很好看，是吧？"

他穿着的是去年的体育短裤和T恤，T恤前面写着"一刀未剪的童年"，后面写着"与他人和谐共处"。我仍然在为他编造我有男朋友的事情而生气。

"其实你看起来很傻。"我嘲讽地说。

"进化的缺环。"他喃喃地说着，站起身来。

"实际你很嫉妒吧？"我顶回去，然后迅速走开。

"没关系的，扎克，"贝思说着敞开双臂，"不要让她用她的负面能量来使你不平衡。让我们继续下一个姿势。"

后门打开了，比萨的香味飘进屋里来。一定是老爸带比萨回来当晚餐了。趁贝思和扎克把纠结的身子打开之前，我就冲进了厨房里。老爸到楼上去找老妈了，我因此而拥有了美妙的一秒钟与我选择的比萨独处。贝思和扎克在一秒钟后抵达,各自从不同的盒子里抓了一块比萨。

"我猜瑜伽让你们的肚子很饿。"我说。

"你不能在还没有尝试瑜伽之前就先批评,"贝思回答,她的嘴里已经塞满了比萨,"它让人非常放松而且集中精神。"

"我已经够放松且集中精神了。"我告诉她,然后又伸手拿了一块意大利熏肠比萨。

"哈!"扎克哼道。

"你最近到底有什么问题?"我质问他,"为什么要告诉老妈说我有两个男朋友?"

"你什么时候找了两个男朋友?"贝思眯起眼睛打量着我。

"从来没有。"我说,转身朝向扎克。

"我这样说,是为了报复你。"他说,又拿起一块比萨。

"为了什么?"

"我自己也不知道。"

"很好。"

我听到爸妈走下楼的声音,突然间,我失去了大快朵颐的兴致。

"随便你。祝用餐愉快。"我又拿了一块比萨放在盘子上,转身离开厨房。

"你去做什么?"我在走廊上遇到老爸老妈时,老爸问道,"我一整天都没看到你了。"

"我要下楼去洗个澡,因为今天早上贝思一直占用浴室。"我告诉他,"而且,我觉得不太舒服。"这算是实话,我现在对每个人都觉得很厌烦。

"好吧,"老爸说,听起来有一点失望,"也许你稍后能过来跟我们聊聊?"

"也许吧。"我说,然后一步跨两级台阶地跑上了楼。

还没等走到我的房间,我就把比萨吃完了。我把盘子放在芒果的药罐子旁边。它从床上抬起头来,发出一声慵懒的喵。我坐到它身边,搔搔它的下巴底下,直到它像火车一样呼噜呼噜叫了起来,于是芒果颜色的泡泡飘满空中。它伸出一只脚掌,拍打着我汗衫上的一根线。

我拿起我的便携式收音机前往浴室,芒果在后面跟着。它绕着浴室的垫子转来转去,直到找到一个完美的位置,然后就趴在上面蜷起身子。去年冬天,它已经领教了坐在浴缸边缘的危险,当时它掉进了浴缸,老爸不得不用吹风机把它吹干。我试着体验那位女士描写的她在蒸汽中看到所有形状的情境。我把热水龙头开到最大。没有"犯罪同伙",我必须独自溜进贝思的房间,去找到我的泡澡实验所需要的最后一种材料。我关上身后浴室的门,以保持住蒸汽,然后回头望了两次，假装珍娜正站在楼梯口为我把风。贝思有这么多蜡烛，应该不会介意少了一支。我从她的书架上选了一截短短胖胖的蜡烛，又在她的梳妆台抽屉里抓起一盒火柴，我曾经见过她把火柴偷偷收集在那里。这屋子里是禁止收藏火柴的，因为扎克八岁的时候，正值爱玩火的时期，有一次他差一点烧到自己的左耳。贝思应该请老爸或老妈为她点燃蜡烛的。但是，嘿，要不是她藏了这些火柴，我现在就没有办法使用蜡烛了。

我跑回浴室里，高兴地看到一股完美的蒸汽水雾已经形成了。热水几乎灌满浴缸了，我赶紧跨过芒果，关上水龙头。如果我让浴室淹了水，爸妈肯定会不太高兴。我把衣服整整齐齐地叠在一起，点燃蜡烛，然后把收音机调到古典音乐电台。我关掉电灯，开始欣赏烛光照亮蒸汽的样子。顿时，音乐里的所有颜色都有了更多层次。蒸汽让颜色变得更有质感。真是美丽！小提琴是数以百计的闪烁金光，小号是绿色的方块，而鼓声则是明亮的水蓝色。这一切我仿佛都可以伸手触碰到。最后我才想起我应该泡在浴缸里，而不是站在浴室中间。水真的很烫，我慢慢地滑入浴缸中。蒸汽仍然不断从热水中升起，我看到颜色在蒸汽间飘动。我感觉自己就是这整个宇宙素材的一部分——空气，水，音乐，颜色，形状，而我就在这一切的中间。我居然直到现在才发现这件事。它让我想要画画，想要唱歌，让我想起六年级去天文馆的那次校外教学。只不过，这次是我一个人的激光表演。

最后，水变凉了。尽管我已决定不理会扎克和贝思的敲门声，但也只好不情愿地把浴缸里的水放掉。水马上就要流光的时候，芒果跳了进去，开始舔浴缸的滤水孔。

"好恶心哦，芒果。"我叫道，立刻把它抱出浴缸。

它甩开胡须上的水，我发誓，它看起来很像是在向我眨眼睛。我把收音机和蜡烛塞到水槽下面，藏在卫生纸卷后。我刚跨出浴室，扎克就冲了进去，锁上了门。我在走回房间的路上才猛然想起，我忘了做三件好事来弥补前天向老妈撒谎说做完功课的事了。

经过一个星期的思想斗争之后，星期天早上起床时，我已经有了一个目标——打电话给罗杰，预约针灸诊疗。最近泡澡几乎已成为我每晚的例行活动了。我无法想象针灸会比泡澡更刺激，但我等不及想瞧瞧究竟是怎么回事。当我的钟走到早上十点时，我拨了罗杰的电话号码。接电话的是一个年轻女孩，我请她让罗杰听电话。

"请问您是哪位?"她怀疑地问。

"我是米雅,"我说,"我和罗杰上同一所学校。"

"罗杰!"她随即大叫一声,把我吓了一大跳,"你的女朋友米雅找你!"

"她不是我女朋友!"罗杰在电话那一头压低声音说。我听到他从那女孩手上抢过电话。

"抱歉,"他小声地说,我可以想象他的脸变红了,"那是我妹妹,她生来就是为了要把我搞疯的。"

"没关系,"我说,"她应该见见我弟弟。他们俩有很多共同点。"

"你打电话来是问作业的事吗?"

"呃,是……是的,"我结结巴巴地说,"作业。"

"你调查的那部分有什么问题吗?"

我本该调查艾波人的信仰的。我把心里的月历翻到下个星期一晚上,提醒自己必须在那之前完成这项工作。

电话那头是一阵沉默。"那么,你现在打电话来是要做什么?"

"这……这个嘛,"我慢慢地说,终于把想说的话挤了出来,"你都是星期三下午去做针灸,是吗?"

"通常是。为什么这么问?"

我深吸了一口气。"我在想,不知道你能否让我和你一起去,我可以预约紧跟在你后面做,然后,也许你妈妈愿意带我回家?"我屏住呼吸,等待他的回答。

经过一场痛苦的漫长等待,我终于听见他说:"我想,应该可以。但是你为什么要去做针灸?"

现在轮到我沉默了。在我回答之前,他又说:"没关系,如果那是你的隐私之类的,你不用告诉我。"

"不,没关系,"我随口说,"我耳朵一直有点痛。"这话就连我自己听起来,都觉得像是在说谎。

"噢,"他说,"好吧,我明天会把电话号码带去学校给你。"

"你不能替我打电话预约吗?"

"呃,可以吧。"

我大大地松了一口气,问道:"那你妈妈呢?你觉得她能送我回家吗?"

"我不觉得有什么不行的。"他说,"我一有预约的消息,就会通知你的。"

我向他道谢,随即挂上电话。罗杰应该知道我在说谎,我很好奇他会怎么想。和我同年级的同学中,只有他始终没有问过我他的名字是什么颜色。他的名字其实是深紫色,就像茄子皮。我们也从来没有谈论过宠物医院那天发生的事。这就像一个心照不宣的约定。

好几个星期以来，珍娜都在要求我去她家，我穿上暖和的衣服，写了张纸条给我爸妈。我正要把纸条贴在冰箱门上时，有声音从走廊上飘进了厨房。

"我不在乎这个杰瑞是怎么想的，"老爸说着，用力关上他的工具箱，"我不喜欢现在这种状况。"

我僵在原地，手里攥着那张纸。

"她正在经历一个阶段，"老妈平静地回答，"试着发现自己是谁。"

"但是她的分数并没有改善，"老爸指出，"而她的学期成绩单再过一个多月就要出来了。"

"她最近的一次数学小考得了一个 A。"老妈说。

"真的吗？我怎么不知道？"

我忘了把那张小考成绩单拿给他看吗？我一定是忘了。

"虽然有一点奇怪，"老妈思考了一下，"那次小考是在她开始接受萨曼莎的补习之前。"

我继续保持着一动不动的姿势。我听见他们走到了前门。老爸说了某句话来回应，但是暖气炉开始轰轰作响，在一片噪音中，我听不清楚他说了什么。我把纸条贴在冰箱上，手一直在颤抖。我很想回到楼上，把自己泡在浴缸里，但我又不能冒险让珍娜再次失望。一个阶段！哈！就在我打开后门的时候，我的友谊手链被门锁钩住，一条线被扯断了。我吸了一口气，把破损的那端塞回去，这样珍娜就不会发现了。也许我们年纪已经太大了，不能再戴这些友谊手链了。

10
空中飘浮的色块

"我本来以为你肯定会放我鸽子的。"珍娜打开前门的时候这么说道。

"我从来都没有故意要放你鸽子。"我说着,把夹克脱掉,交给她。幸好泡澡的诱惑没有大到让我一直躲着不见人。

我们之间弥漫着一种沉重的怪异的气氛。

"你最近一直都不太理我。"她指控道,随手把我的大衣丢进衣橱里,连衣架都没有用。

"我已经在这里了,不是吗?"

"我不知道,"她说,"也许你是个幻影。让我瞧瞧。"

她把手伸出来，拧了一把我的手臂，非常用力。

"噢！"我大叫一声，把手臂抽回来。

"好吧，你是真的。我爸正在做松饼，你肚子饿吗？"

"饿死了。"我揉揉手臂，"待会儿我想用你的电脑查点资料，可以吗？"

她在厨房外停住了脚步，说："不是查有关色彩的事情吧？"

"不，不是，"我回答，"是为了完成我的历史作业。我只是不想跟扎克抢用电脑。"

"那就好。"她说。戴维斯先生正在厨房里翻煎着他的特制蓝莓松饼。我走了过去，然后又突然止住了脚步——餐桌旁坐着一位陌生的女士。我知道她不可能是珍娜家的亲戚，因为她家的亲戚我全都见过。

"米雅，"珍娜用正式的语调介绍道，"这位是丽贝卡，我爸爸的一个朋友。"

"很高兴见到你。"我语气僵硬地说。

"我也是。"丽贝卡用嘶哑的声音回答道。我觉得她的声音本该是很性感的，可是此刻她听起来就像是吃撑了似的。还有，谁会在星期天早晨还化个大浓妆出门？珍娜那个紫色的迷你背包一定是她送的。

那之后，大家都一言不发。最后珍娜的爸爸打破沉默说：

"米雅,你准备好品尝我这世界闻名的松饼了吗?"

"呃,当然。"我回答,选择了丽贝卡对面的位子坐下。我一直盯着珍娜看,但是她一直忙着把松饼一口一口地送进嘴巴里,仿佛已经一个星期没吃东西似的。

"我们有一阵子没见到你了,米雅,"戴维斯先生说道,把煎锅上的一块松饼推进我的盘子里,"你交新男朋友了吗?"

"爸!"珍娜低声抱怨。

"没有!"我慌忙否认。丽贝卡明白了似的微微一笑,似乎认为我在说谎,我当下便决定不喜欢她了。

"我知道了,"戴维斯先生坐下来,"你被中央情报局征召了,所以出国去进行秘密任务。"

我再次摇头,低头吃着我的早餐,配合着珍娜一口接一口的动作。

"或者被外星人绑架了?"

"不是。"我回答时,满嘴食物,眼睛直盯着我的盘子。

"我只是跟你开玩笑的。"他终于说,"我知道你最近在忙什么,珍娜一个星期前告诉我了。"

"噢。"我说,抬头再次注视珍娜。她还在忙着吃东西。如果她不放慢速度,肯定会被噎到的。

我们继续沉默地吃东西。大约一分钟之后,丽贝卡终于开口询问我们今天打算做什么。我正要回答她的时候,珍娜从位子上跳起来说:"没什么特别的。来吧,米雅,我们走。"

戴维斯先生和丽贝卡对望了一眼。直到珍娜快走出厨房,我才追上她。

"刚刚那样很没礼貌啊。"当我们爬上楼梯往她房间走去时,我小声地说。

"那又怎样?"她气愤地嚷道,"星期天本来就应该是家庭时间——你当然算是我们的家人啦!但她不应该在星期天早上来我们家的。如果你问我的感觉,我会说她才是没有礼貌的人。"

我们一起躺在她床上,她改变了话题。"你最近都在忙什么?好像大部分时间你都活在你自己的世界里。"

我本来想指出她最近关心的事情只有她的生日派对,可是我不想再跟她吵架了。如果她真的想知道我最近都在忙什么,那我就告诉她吧。我一股脑儿地宣泄着:亚当的电子邮件,一切有关针灸的事情,甚至还有我泡澡的事,以及即将到来的共感觉者聚会。她耐心地倾听着,只是从头到尾都一直注视着天花板。

一分钟之后,她说:"哇,你最近真忙。"

"那你觉得怎么样?"我问道,用手肘把身子撑起来,"这是不是很酷啊?"

"是啊,听起来真酷。不过我还是搞不太懂。"

"好吧,"我说着,拉扯着她棉被上脱落的线头,"抱歉。"

"你觉得我能跟你一样吗?"她问道,她把枕头拿起来摆好,靠在上面坐起身来,"我记忆力很好的,我相信我可以把每个字母的颜色都背下来。"

"事情不是那样的,"我告诉她,试着让自己的声音保持平稳,"这是天生的。"

"所以你天生就是那样的,而我不是。"接着是一阵长长的静默。然后她问:"你什么时候去参加这个大型聚会?"

"感恩节之后的那个周末。"

她从床上跳起来。"可是我的生日派对就在那个星期天晚上举行啊!"

"我知道。"我立刻回答,希望她没有发现我其实是忘了这件事。也许我真的是一个坏朋友!"那个聚会在那天下午就会结束,我在派对开始之前早就回来了。"

"所以你会来帮我准备啰?"

"当然!"

她从书桌上拿了纸和笔,交给我。"很好。我们先来列宾客名单吧!"

我只写下了六个名字,珍娜的爸爸就来敲门,要她下楼去。

"为什么?"她大叫着抗议。

"只要一分钟就好了。"他坚定地回答。

珍娜低吼了一声,慢慢地走过去开门。我坐到她的电脑桌旁,登入网络。有关艾波人的一堆参考资料跳了出来,我把它们打印好,打算稍后再看。在星期天做功课,真应该被列为非法行为。

珍娜回到房间里来,摔上身后的门。

"哇哦。"我说。我还从来没有见过珍娜这么生气,就连她妈妈过世的时候,她看起来也只是难过,而不是生气。换做是我的话,我一定会对这个世界感到愤怒的,可是那并不是珍娜的个性。至少她以前的个性不是这样的。

"'你必须对丽贝卡和气一点,'"珍娜模仿她爸爸的声音,"'你不喜欢丽贝卡,让她觉得很难过,'"她继续模仿,"好像我会在乎丽贝卡的感受似的!"她躺回床上,委屈的眼泪从脸颊滑落下来。我坐到她身边,轻拍着她的手臂。

"为什么你从来没有跟我提起过她?"我问,"她什么时候出现的?"

珍娜抽噎着说:"大约六个星期前,我想。我没告诉你,是因为我一直希望她消失。没有她,一切都很好。"

"这只是你爸爸的第一个女朋友,"我提醒她,"并不表示他就会跟她结婚。"

"他最好别跟她结婚。"她的声音听起来有点惊恐。

我拿起她那份生日派对宾客名单说:"我们继续吧!你想不想邀请你的体育课上,那个因为体育服不够美国式而拒穿的女生?"

"我不在乎。"她用平淡的语调说。

"可是你喜欢她呀!"

"我才不在乎这个愚蠢的生日派对,"她突然从我手中抢过那张纸,将它掷向空中,"也许你应该回家去。"

"为什么?"

"我想要一个人静一静。"

"你确定吗?"我问道,"我们可以进行一次犯罪同伙任务,把丽贝卡手提包里的化妆品全都熔化掉。灶台上的温度可能还够热。"

"听起来很吸引人,但还是不要在今天吧。"她回答道,随即打开房门走了出去。我拿起那沓打印好的资料,起身追赶她。等我下到一楼时候,她已经把我的夹克拿出来了。

这是这几个星期以来我第一次找她,而她居然要把我赶出去。"我明天在校车站等你,好吗,珍娜?"

她愁容满面地点点头,然后关上我身后的门。我才刚往前走了一步,她又把门打开了。

"等等,"她说,"你觉得,你妈妈今年会不会早一点把我妈妈留给我的生日礼物寄过来?"

她站在大大的门框里,看起来既渺小又哀伤。我真想给她一个拥抱,告诉她一切都会没事的。

"我会问问她。"我答应她。

"你知道吗?"她顿了一下,欲言又止,"算了。"

"你确定?"

"是的。"她说。这次她真的关上门了。我在原地多站了一会儿,然后才慢慢地走回家。

我回到家时,家里一个人都没有,异常安静。也好,如果只有我一个人在家,至少我就不用跟任何人抢用电脑了。我走进老妈的书房,在网络上查阅艾波人的参考资料。我发现他们也被称为伊博族人,他们相信自己死后神灵会把他们的灵魂送回非洲。

电话铃响了起来,吓了我一跳。我逼自己暂时放下艾波人的资料,接听电话。

"米雅在吗?"一个男生的声音问道。

"我就是。"我小心翼翼地回答。我在脑海里搜寻,想找出这个声音是否属于我认识的人。

"我是亚当。"

"亚当?"我从椅子里坐直了身子,"你怎么知道我的电话号码?"

"威斯医生……我是说,杰瑞,是他给我的。我希望你不会介意。"

"不,我不介意。"我回答道,握着电话的手很快地冒出汗来,"你怎么会跟杰瑞谈话的?"

"是他打电话给我,邀请我参加你们那里的大型聚会。"

"但是,你住在波士顿啊,离这里那么远。"

"我知道,"他的声音透露着一股兴奋,"但我之前与杰瑞合作过,他知道我在你们那边有亲戚,我可以借住在亲戚家。我们终于要见面了。"

我突然觉得害羞起来,回答:"好像是哦。"

就在这个时候,有人接起了电话分机。我知道不可能是我这边的人接的,因为我一个人在家。啊,最好别是我这边的,因为我是一个人在家啊!我的脑海里迅速闪过那些恐怖电影的画面,害怕得几乎快握不住电话听筒了。

"我得打个电话,亚当。"一位女士的声音说道。我松了一口气,心跳总算恢复了正常。

"再过一会儿就好了,妈。"我们等到他妈妈挂上听筒,才开始继续交谈。"我想,再过几个星期就可以见到你了。"

"我也是这么想的。"我回答。我真希望自己能想出更聪明的回答。

挂上电话之后,我从椅子上跳了起来,仿佛双腿上装有弹簧似的。我突然很想抱抱芒果,以示庆祝。我在屋里四处寻找,但它实在很会躲藏。直到睡觉之前,它才再次出现了。它一定是一整天都在忙着报复那些松鼠,因为它看起来十分疲惫。每年天气开始变凉的时候,那些松鼠就会全部出动,确保它们在夏天里所藏的核果是安全的。去年这个时候,芒果的体型比松鼠还小,因此常常被那些松鼠在后院里追着四处跑。我猜,今年芒果一定想让那些松鼠知道谁才是后院里真正的老大。我试着用它最爱的金丝雀崔弟玩偶逗弄它,但它只是趴着,呼噜呼噜叫。它嚼都没嚼,就吞下了药丸,然后趴在我的枕头上准备睡觉,而不是趴在它的毯子上。它那芒果颜色的喘气声让我无法睡着,最后我不得不把它移到床脚边它平常趴着的位置。

闹钟在第二天早上响起的时候,我醒了,发现芒果正坐在窗户边缘,它没准是在筹划着下一次攻击行动。我还来不及翻下床,扎克就推开我的房门,把头探了进来。

"我看起来怎么样?"

"啊?"

"我的耳朵!"他说着,左右转动他的头。

"哦,是啊。你的耳朵看起来很不错!非常自然。"扎克打从六岁起,每年过节都扮成电视剧《星际旅行》里的"尖耳朵"史波克。我跟他说过很多次,现在已经没有人看《星际旅行》的电视剧了,可他就是不听。幸好他已经穿不下那件道具服装了,今年只装上了耳朵。我记得以前我也喜欢过节,而现在我已经完全忘了这件事。我想,我正在长大。

早餐的时候,我想我最好试着多和大家交谈,免得老爸太担心。我跟他说,我认为今年是芒果在追逐松鼠。

"我可不想清理松鼠的尸体啊!"老爸说,咬了一口抹有自制苹果酱的吐司。他丝毫没有注意到掉下来的面包屑,也没有注意到老妈正把那些面包屑扫进自己手中。

"芒果不会真的咬死它们的。"扎克说,他的半只手臂都伸进了麦片盒子里,"它只是吓唬吓唬它们,把它们赶到树上去。"

"猫会爬树。"老爸提醒扎克。

"还记得上次芒果爬到树上去的事吗?"我问。

"我记得。"老妈说,"我想,消防队的人直到今天都还在拿这件事说笑。"

"他们当时到底是怎么说的?"扎克问老妈,虽然他自己记得很清楚,但这是个他永远听不烦的故事。

"他们对我说:'嘿,夫人,你曾经见过树上有猫骨头吗?'"

他们三人笑成一团。但对我来说,那是个重要的日子。当芒果终于沿着滑溜的树皮从树上滑下来之后,它吓坏了,浑身颤抖。那时候它还没有完全长大。它躲进我毛衣的褶子里,我拍抚着它,直到它平静下来。那是我第一次知道它需要我。

贝思走进厨房,开始咆哮,抱怨老妈把她的白毛衣与红毛衣混在一起洗了,如今白毛衣变成粉红色,她要穿什么去学校?

"你可以穿一套过节的服装!"扎克建议,"我有多出来的假耳朵可以借给你。"

"妈!"贝思哀叫。

"万岁万万岁!"扎克冲贝思喊道,然后我们就跑去赶校车。贝思一点也不觉得这很有趣。

那个下午,我比罗杰早一步到达历史教室。我在门外等着,不耐烦地用手指敲着一个冷冰冰的金属置物柜。如果他动作不快一点,上课铃声就要响了。

莫里斯夫人经过我身边,进入教室。"你要进来吗,温切尔小姐?"她问。

我别无选择,只好跟着她走进教室。就在上课铃声响起的时候,罗杰终于低着头进入教室,溜进他的座位。我盯着他的后脑勺,希望他能回过头来。我们的距离太远了,我没有办法小声叫他,而且上次有人被抓到上课传纸条,莫里斯夫人还把那张纸条贴在布告栏里。

我记忆中最漫长的五十二分钟过去之后,趁罗杰还来不及站起来,我就冲过去把他堵住了。我正要开口,他就举起手来阻止我。

"在你问问题之前,我先说:答案是肯定的。我妈妈已经约好了星期三放学后的约诊,她今天晚上会打电话给你妈妈。"

"哦,她会吗?"我故作冷静地说。

"那没关系吧?"当我们一起离开教室的时候,他问道,"你妈妈知道这件事,对吧?"

"她当然知道,"我回答,"呃,她算是知道。"最后我老实交代:"好啦,我承认,她并不知道。"

"你为什么不告诉她?"

"呃,因为她并不相信针灸?"

穿过走廊时,罗杰一直斜着眼看我:"到底是什么原因?"

我停下脚步说:"听着,你说过如果这是我的隐私,我就不用告诉你,记得吗?难道你不能直接跟你妈妈说我已经得到允许了?"

"可以,"罗杰回答,不过他的语气显然不是很高兴,"可是你要怎么付钱呢?"

我完全没有想过这个问题。"我存了一些钱,"我告诉他,"零花钱,还有我打工挣来的钱。"

"好吧,"他说,"如果这件事对你那么重要的话。"

"它的确很重要。"我用尽可能坚定的语气说。我正想要感谢他，他却已经走开了。

今天的数学课上，我们又有一场考试。我以为我可以尝试使用萨曼莎教我的方法，但我发现那只会让情况更糟糕。算了，我已经把马克笔准备好了，而且我现在也不觉得这像作弊了。这次我把颜色划在球鞋的鞋底上，因为我今天没有穿牛仔裤。

当我放学回家的时候，老妈已经在前院里架好望远镜了。今天晚上有一件天文学界的大事，她已经讲了好几个星期了。我想花一点时间来讨好她，这样一来，也许到时她就不会问我为什么星期三放学后不直接回家了。

"米雅，我希望你今晚能帮我准备晚餐，这样我才能在这里工作。我已经把沙拉弄好了，你只要准备通心粉就行。"

"好的，妈，"我说，"没问题。"我从她身边绕了过去，然后往前门走去。

"哦，米雅，"她背对着我说，"今天的数学考试如何？"

我停住脚步，手放在门把手上。"很好。"我告诉她，屏住呼吸。

"非常好，"她说，"我以你为荣。"

等到前门在身后关上，我才再次开始呼吸。我打算这个下午剩下的时间都尽量保持低调。既然老妈得在屋外，应该不需要我替她发糖果给那些"不给糖就捣蛋"的小孩子。

我开始写我的艾波人报告,时不时从窗户偷看那些小巫婆、小消防队员、小新娘、小怪物。他们根本不知道生活有多么复杂。六点钟的时候,我做了晚餐。没有人感谢我。他们全都匆匆把晚餐吃完,跑到屋外去看老妈观察星星。没有人帮我收拾餐桌。我在水槽里把洗碗海绵拧干,脑海里一直重复着一个念头:星期三实在来得太慢了。

罗杰的家就在离学校很近的地方,星期二那天,我们四个一起走回他家。罗杰领我们走进厨房,让我们在一张木头圆桌旁围成一圈。

"哦,你们家养狗了?"劳拉差点踩到一个大大的银色狗食盆,在狗食盆旁边还有一个可按压的玩具,长得很像牛排,"我对动物的毛过敏,手脚会起疹子的。"

罗杰慢慢地关上冰箱门,把四罐汽水放在桌上。他摇摇头:"没有,我们现在没有养狗了,你不用担心。"

劳拉瞄了一眼地上的狗食盆,狐疑地望着我。我猜罗杰的家人还没有准备好接受这个事实。我不敢接触罗杰的目光,直到讨论过半。又讨论了一阵子之后,大家把能说的对于艾波人的观点,都说完了,我们就移到起居室,开始看录像带。贝思五点钟的时候来接我。她的朋友寇特妮也一起来了,我不得不坐到后座去。她们两人完全无视我的存在,只热烈地讨论着要穿什么去参加舞会,而那场舞会是整整七个月之后的事情。我很高兴她们没跟我讲话,这样一来,我就不必假装在乎她们的穿着。晚餐我们吃的是我前一天做的饭菜,依然没有人感谢我。

星期三,放学铃声响起的时候,我已经等不及要离开座位了。罗杰依照计划,在我的置物柜旁等我,他看起来很不安。我把课本丢进置物柜里,抓起我的背包。之前他叮嘱我要穿舒适的衣服,所以我穿上了所能找到的最宽松的毛衣与裤子,感觉就像穿着睡衣一样。

我爬进卡尔森家的那部小型货车,注意到车子里闻起来仍然有一股狗的气味。在去针灸诊所的路上,罗杰和我并没有说很多话。这其实没什么关系,因为卡尔森夫人帮每个人都说得够多了,我只需要偶尔说句"哦"和"嗯"就可以了。她让我们在针灸诊所前面下车,然后去停车。我们打开诊所的门时,有一阵小小的铃声响起。候诊室里非常温馨,我认出了香草熏香的味道,因为最近贝思常常点这种熏香。墙壁上有一张图，标示着人身上能插针的穴位。我开始觉得有点头晕。

"我可以直接进去，"罗杰说，"但你得先坐下来，填一张表格。"他指着空荡荡的柜台上那一叠表格。

"好的。"我伸手去拿了一张。他走向一扇敞开的门，我则仍然站在候诊室的中间。

"你还好吗？"他微微转过身来问我。

"嗯，"我回答，"我很好。"

"不会痛的，"他说，"你不用担心。"

"我不担心。"

"那为什么你站在那里一动不动？"

"不为什么。"

就在这时，医生从后面走出来了，领着罗杰进入诊疗室。这名医生大约六十岁，让我想起奶奶最后留给我的印象。这让我感觉稍微好了一点点。毕竟，奶奶是不会伤害我的。

那道门在他们身后关上了，有那么一会儿，我独自站在候诊室里。在那几秒钟内，我开始认真地考虑要不要离开。也许针灸不是个好主意。接着，卡尔森夫人从外头走进来，抱怨这个乡村小镇上的停车位总是不够。从外头吹进来的凉爽微风使我清醒了一些，于是我坐下来，开始填表。表格上有那么多问题，看起来我花一个小时也答不完。我直接跳到表格最下方,那一栏的问题是问我为什么来这里。我填上"耳朵痛,两只耳朵"。卡尔森夫人安静地翻阅着某种另类治疗的杂志。她阅读的速度不可能真有那么快。大约十五分钟之后,罗杰从诊疗室里走出来,看起来脚比以前更跛了。

"到你了。"罗杰说。

我虚弱地微笑了一下,把位子让给他。我走到诊疗室门口,探头朝里面望。这间诊疗室很小,中间有一架长方形的垫床,四周墙壁都是柜子。

"请进,请进,"针灸师朝我挥挥手,"我不会咬人的。"

我走进诊疗室里,关上身后的门。"抱歉,我通常在医生身边都不太自在。"

她拍拍身边的垫床,我走过去坐在床的边缘。"我叫费丝,另外,我不是真正的医生,希望这能让你觉得自在一些。"

我惊讶地抬起头来。"你不是医生?"

她摇摇头,一边看着我的表格,一边跟我说话:"我拥有进行针灸治疗的合格执照。你知道医生是如何研究解剖图,用来了解身体是怎么运行的吗?"

我点点头。

"针灸非常类似。我知道身体所有的能量中心在哪里交汇,我也知道能量在哪里会不流畅。我就是这样才知道该

在什么位置扎针,以及如何捻针。你明白了吗?"

我告诉她说我明白了,虽然这一切听起来很诡异。有关能量流动的说法,让我想起贝思练瑜伽的事。我真不敢相信,我居然正在做一件贝思也有可能会认同的事!费丝指示我躺下,并且告诉我,因为这是我的第一个疗程,所以她只会让针在我身上留十分钟。我闭上眼睛,这样就不会看见那些针长什么样子了。

"很好,"她温柔地说,"闭上你的眼睛,放松心情。要对费丝①有信心。"她自顾自地笑了起来。我也试着微笑,但我实在太紧张了,结果嘴唇只是抽动了几下。

"你能不能形容一下你的耳朵是怎么痛的?"

我的心沉了下去。我没有想到这个部分!"呃,就是在每只耳朵的中间都感到痛。通常只有早上才会痛。"为了这个谎言,我得做不止三件好事!

她体贴地点点头说:"今天我只会在你身上扎六针。两针在脚踝,两针在臀部,两针在你的上耳部。"

就在我怀疑自己究竟在这里做什么,以及如何从容逃脱的时候,我感觉到左脚踝传来一点小小的刺痛,然后是右脚踝。这种刺痛并没有马上消失,我不禁微微睁开眼睛,低头看去。长长的针,从我的脚踝里钻了出来!费丝又开

---

① 费丝:faith,英文还有信心的意思。

始在我臀部扎针,我再次把眼睛紧紧闭上。

"为什么我没有流血?"当针扎进我的臀部时,我开口问道。我试着不去想象那些针的样子。

"针孔很小,当我把针拔出来的时候,皮肤会在血流出来之前就密合起来。有时候,如果我不小心扎到微血管,你可能会有一点淤青,或者会流几滴血。"她一定是常常回答这个问题,"不过那是不太可能的。"

我开始觉得有点头昏,灰色的小球在我眼前飘浮。费丝拨开我右耳旁的头发,我清楚地听到了针刺过耳朵软骨的声音。那些灰色小球变成了银色,闪亮的银色,现在有黄色的漩涡混进来了。那支针进入我另一边的耳垂,像彩色小石子般的小泡泡立刻从左边进入我的视野,逼近我脸的正前方,直到我看不见它们。这是我第一次在没有声音的触发下看到彩色的形状,我真不敢相信!此刻那些泡泡开始呈波浪状起伏,形成不可思议的彩色线条。

"哇,"我忍不住叫出声来,"哇哦……"

"一切都还好吗?"费丝问。

我试着回答,但却无法将注意力从那些影像上移开。费丝的声音听起来像是从很远的地方传来的。"嗯。"我努力做出响应。我强迫自己停止微笑,以免她觉得我疯了。写那篇文章的那位女士形容她看见了泡泡,但她的叙述并不充分，她一定是没有看见我现在所看见的影像。

"如果你这次感觉还好，那下次我会给这些针通上电流。"

我点点头，仍然能隐隐地觉察到刺痛，正如我隐隐意识到我不是单独在这个房间里。但此刻我唯一重要的事情，就是眼前这些影像。

突然间，我眼前的影像消失了。费丝已经拔出了最后一根针，正用一点点药膏涂抹着扎针的地方。我睁开眼睛，但身子却动不了。我觉得自己仿佛刚从某个美丽的梦境中醒来。

"你可以在这里躺几分钟，如果你需要的话。"费丝说，"你的气已经被活络开了，你必须缓慢地释放它。"

"我的什么怎么了？"我问，眼睛仍然盯着天花板。

"你的气，"她重复道，"被开启了。气是一个中国字，指的是我们体内的能量。刚刚扎在你身上的那些针，就是在导引你全身上下的气，帮助你治病。"

我想问她我过多久可以再来，却突然注意到她上半身有一团模糊的云雾，颜色是带着棕色的粉红色。我瞄一眼天花板，然后又去瞄她。那团云雾还在那里。我坐起身，揉揉眼睛。她走过房间去开房门，那团云雾仍然跟着她，不过留下了一道尾巴。我仍然能在她原来站着的地方看见一抹带着棕色的粉红。

我强迫自己爬下床,跟着她与她拖曳的那道云雾进入候诊室。罗杰和他妈妈抬起头来望着我。罗杰被一团番茄般的红色包围住,而他妈妈则是黄色的。由于罗杰这个名字是紫色的,所以看到他置身于红色之中,我非常紧张不安。

我问费丝我的气要多久才会平静下来。在等待她回答的时候,我试着不去傻傻地盯着每个人看。

"每个人的情况都不一样,"她说着,把我的表格塞在一个拥挤的柜子里。"可能要几个小时。"

罗杰跑到我旁边来,跟我一起在柜台预约下星期的诊疗时间。我忍不住去注视他头顶上那团红色的云雾。当他跟我说话的时候,小小的卷须状云从他身上飘起来。当我们走向车子的时候,我密切地注意着经过我们身边的人。每个人的周围都有各自的雾气。有些人的雾气非常活跃,从他们身上会飘出卷须状与球状的云,落在其他人身上。这些人是怎么办到的?为什么没有人注意到这种情形呢?我的双腿感觉像橡胶一样,我正濒临崩溃的边缘。

在车内的封闭空间里,有颜色的云雾变得更鲜明了。它们似乎填满了所有的空间。罗杰从前座问我对于这次治疗有什么看法。他的声音听起来有点模糊,仿佛被埋在层层的红色之下。

"太不可思议了,"我告诉他,感觉自己的声音是破碎的,

"非常谢谢你带我来。"

"不可思议?"他问道,声音里有藏不住的惊讶。

糟了。"我是说,很好。"我压低嗓子,小声地说,"罗杰,你在针灸之后有看到任何东西吗?在空中?"

"没有。"他说,"比如什么?"

所以,毕竟还是只有我能看到。"算了。再次谢谢你带我来。"

"没事。"他转过头去面向窗户。从车窗玻璃的倒影中我看到他脸红了。他的云雾变得更鲜明了,而且持续闪亮了几秒钟。我惊讶地盯着他,看到一道长长的卷云从他身上飘出来,降落在我的肩膀上,立刻就消失在我自己的绿色云雾中。我低头看着自己。我自己的绿色云雾!我也有!我从来都没有想过。一种欢欣的感觉遍布我的全身,我看得见别人看不见的事情!

贝思的朋友布伦特那部新的红色跑车,正好停在我们家的车道上,卡尔森夫人只好让我在路边下车。住在这里的大部分人家都开卡车,因为有些地方道路非常颠簸。也许布伦特是认为,一部跑车比较符合他那像肥皂剧人物般的名字吧。贝思曾无数次谈起那部车子,即使她和布伦特"只是朋友"。

我再次向卡尔森夫人与罗杰诚挚地道谢,然后几乎是跳跃着走过草坪。贝思和布伦特从前门走出来,这时候我离他们还有几米远。我马上躲到一棵橡树后面观察他们。贝思有一道带黄色的棕色光芒,与布伦特那道金棕色的光芒很接近。布伦特用一种取笑的声调对贝思说了句什么,贝思的颜色马上就变得更鲜明了,而且闪闪地跳动了一番,就像刚刚罗杰在车子里的情形一样。我听不见布伦特到底说了什么,但是贝思想必很喜欢他所说的话。小小的卷须从她那有颜色的云朵上剥落,然后跟布伦特的云朵融合在一起。我注视着这个情景时,心跳越来越快,觉得自己像在看一部科幻电影。我有种非常强烈的直觉——贝思和布伦特肯定不只是朋友而已!他们钻进跑车,绝尘而去,完全没有注意到我。我为贝思感到高兴。我为每个人与每件事都感到高兴,包括这个星球上的所有生物。亚当一定不会相信这件事!

我溜进屋里,感觉自己像拥有了魔法。我一脚从扎克身上迈了上去,他正坐在走廊上,周围堆着他那越来越多的漫画书。他的银色云朵愉快地闪烁着。芒果从刚打过蜡的前廊滑过去,在身后留下一道芒果色的线条。那是一道美妙的芒果色线条,充满了我的心,使我的心几乎快要爆炸了。

A Mango-Shaped Space

11
脑海中的烟火

我在早上起床之后的第一件事,就是掀起被子,往下盯着我的双腿。再也看不到绿色的光,只有皱皱的婴儿蓝睡衣。我翻过身去,把脸埋在枕头里。我的新法力只持续到昨天晚上上床睡觉前。昨天我很晚才睡,因为我一直忙着观察我家人的云朵之间的互动。我可以看得出,当老妈答应在家里举办老爸的扑克牌游戏活动时,其实并不情愿;我也可以看得出来,当扎克说他写完功课的时候,他是真的已经写完了;而当贝思说她整个下午都在图书馆里时,我知道她撒谎了。不过我是以传统的老方法知道这件事的——我躲在树后面偷看来着。没有人问我放学后到哪里去了。

芒果碰碰我的耳朵,逼我翻过身来,仰面躺着。我想念昨天芒果周围那抹鲜明的芒果色光。我抚摸着它,直到它发出呼噜呼噜声。啊,它们还在,它那些芒果色的小圈圈。

今天是星期四,我在刷牙的时候告诉自己,离我下次去找针灸师的日子,又接近了一天。再过六天就好了。我停止刷牙的动作,用萨曼莎教我的方法在脑海里计算着二十四乘以六。一百四十四个小时!这听起来不太好!我一定得做点什么才行。就在我跳进浴缸洗澡的时候,我突然想到,几个星期之前,我如果在脑海里计算数字乘法,一定会发狂的。我猜,生命这回事,就是事物的优先级不断变化。

前往点名教室之前,我在罗杰的置物柜旁堵住他,问他能不能把针灸诊疗的时间提前一些,例如改成今天下午。他说不行,并且给了我一个糟糕的理由,例如费丝在星期一、三、五与星期二、四、六的工作地点不同。就在他走开的时候,我注意到他跛着脚走路的情况改善很多了。我可能得踢他一脚，好让他继续接受针灸治疗。

历史课上，我们进行了小组讨论。我把我工整的研究报告发给每一位组员，换来他们的报告。必须有人把这四份报告整合成一份，而那个人不会是我，我已经做完分内的工作了。我身子往后靠进椅子里，双臂交叉抱在胸前。

"我想我们需要的不只是一份书面报告。"乔纳一边说，一边依着他心里的节奏用铅笔敲打着塑料桌面，"我们再弄一份那艘奴隶船的缩小模型图，怎么样？米雅，你很有美术天分，对吧？"

"啊？"我把手臂摊开。难道他们看不出来我在这份作业里的角色已经完成了吗？

"别这样，米雅。"他哄劝着，"如果你负责画那艘船的模型图的话，书面报告的部分就交给我们。"

"但是我已经做了所有搜集数据的工作，"我抗议道，注意到我的声音里有一种哀叫，"现在你们居然说我只要画一张图就好？"

乔纳把我的报告在空中挥舞了一下："你只写了一页半而已！"

"那是有关艾波人信仰的所有资料了，"我坚持道，"我没骗人。"

"只管画图就是了，"劳拉对我吼道，"如果我会画图，我就自己画了。"

"好吧。"我说道，希望他们别再来烦我。

"你最好把这件事写下来，这样你才会记得去做。"乔纳叮嘱说，"我们在感恩节的前一天要交报告。"

回到自己的座位之后，我故意用很明显的动作把这个任务加到我的家庭作业清单上。至少，如果我忙着画画，这个星期的时间就会过得快一些。我已经很久没有在美术作业之外动笔画画了。

上西班牙语课的时候，老师把我们前一天在课堂上完成的论述题返还给我们。我得了一个"C-"，悲哀的是，我居然很开心。

当扎克和我从学校回到家之后，我发现前门上贴了一张纸条，那是老妈的字迹："今晚有小学的食物募捐活动，每个人都要在六点半之前回到家。我们在路上去吃麦当劳。穿上球鞋。不准找借口。"每年这个时候，我们都会把装有感恩节食物的箱子集合起来，送给镇上那些买不起过节食物的人。多余的箱子还会被送到芝加哥的一个流浪者之家。这种食物募捐活动就在我以前就读的小学体育馆里举行，过去三年来，我们都是到那里去。眼下任何能够使时间过得更快的活动，我都没有意见。更何况，这种事情正好可以算是我必须完成的"好事"。

"很好，"扎克推开门，"我又可以在我的汉堡计分板上添一笔纪录了。我已经很久很久没去麦当劳吃汉堡了。"

"你上星期才去那里参加过小朋友的生日派对呀。"

"你说得没错！"他用力地拍了一下前额，"我忘了把那笔纪录加进去了！"他把夹克丢进走廊柜子里，跳上楼去。

"你这种年纪还参加麦当劳的生日派对，是不是太老了？"我经过他房间的时候，这么问他。

他正忙着补上那笔汉堡纪录，没空回答我。我在我房间的书桌旁坐下，翻阅那一大堆有关艾波人的书，想找到有关那艘船的一张好图片。最后我挑出一张图片，把它钉在我的画布上时，听到老爸朝楼上大喊着说该出门了。

"贝思在哪里？"溜进老爸的汽车后座，坐在扎克身边时，我问道。

"她和别人有一个约会。"扎克逼真地模仿着老妈的声音。

老妈从前座瞪了他一眼，说："她有一个学校作业要完成。"

"我也有啊。"我说，"你不是说不准找借口吗？"

"贝思的成绩比我们的都重要。"扎克怪声怪气地说。

"才不是那样，"老妈坚持道，"但是，她现在要为上大学做准备。"

我们的车子驶离车道，往镇上出发。

"我猜,她一定是跟布伦特在一起。"我小声地对扎克说。

"哦,我很抱歉。"扎克摆出一副无辜的样子说,"你又想跟我讲话了吗?你已经很久没有和气地对我讲话了。"

"算了吧,瑜伽小子。"我把脸转向窗户。

"进化的缺环。"

"呆子。"

"别逼我在路边停车。"老爸没好气地威胁道。

扎克靠过来,小声地问:"你对贝思和布伦特的事情知道多少?"

"很多,但我不会告诉你的。"

"反正我迟早会发现的,"他狡黠地眨眨眼,"就像我发现你的男朋友一样。"

"别逼我修理你。"我警告他。这时候,麦当劳的金黄色招牌映入眼帘。

扎克跳出车子,欢唱着:"第一百二十六个汉堡,我来啰!"

老妈命令我们在四分钟内把食物吞完,说这样才能符合它被赋予的作为快餐的定义。当我们抵达体育馆的时候,里面已经挤满了许多家庭。我强迫自己不去理会那些噪音,这样那些飘浮的色彩才不会让我招架不住。要做到这样并不容易,但如果我很专心的话,就办得到。我们一家人分

散开来。老爸走向冷冻火鸡区,老妈走到发放食物的桌子旁,而扎克和我则跟一些小孩子一起,将食物打包装箱。一位女士交给我们一份应该装箱的食物清单,然后派我们去罐装食物货架区。她看起来有点面熟,但我一时想不起来在哪里见过她。扎克丢给我一罐红薯,我把它放进纸箱里,忽然灵光一闪:我想起在哪里见过她了。在超市里!她是比利的妈妈。

我的手开始颤抖。扎克正要丢给我一罐蔓越莓酱时,我离开了。我穿过人潮,发现她正在往桌上堆放包装袋。

我深吸一口气,拍拍她的肩膀。"你是比利的妈妈,对吗?"

她转过头来,审视我的脸。我可以看得出来她没有认出我。"我认识你吗?"她问,一手按压在一个大大的包装袋子上。

"也不算是真的认识,"我承认,"只是几个月前我妈妈和我在超市里排队结账时,就排在你和你儿子前面。你儿子跟我说,我的名字是紫色和橘色,我后来试着打电话给你,但是你的电话……"

她举起手来打断了我的话:"我已经听够了那些有关颜色的胡说八道,我不知道他的想象力是从哪里来的。他和他姐姐很不一样。他姐姐从来不会跟人家说那种事情,她是拉拉队员。我想,她的年纪大概跟你差不多。她叫艾咪,也许你认识她?"

我不想让她知道我不跟拉拉队员交朋友,所以我只是摇了摇头说:"可是关于比利,那并不是他的想象,还有人也能看到彩色的字母和数字。事实上,我就看得到。"

她抓在袋子上的手捏得更紧了,但是她一言不发。我继续说:"几个星期之后有一个聚会,他也可以来参加。我可以告诉你相关信息。"

"谢谢你对比利的兴趣。"她终于开口,然后就突然转过身去,弯下腰,从桌子底下的箱子里抓出更多的袋子。她仍然背对着我,说道:"可是我们那个周末不在家。我现在得工作了,我想你也该回去干活了。"

我张开嘴巴,想要说些什么,却一句也说不出来。走回罐装食物区的时候,我才想起来,我根本就没有告诉她那个聚会是在哪个周末举行的。

"为什么你满脸通红的?"扎克问。他已经开始装第二个箱子了。

我把手放在脸颊上,感觉双颊滚烫。这一定是因为我以前从来没有像这样和大人说过话。

"你认识那位女士吗?"他问,瞄了一眼她所在的方向。

"不算认识。"我检查扎克装好的箱子,想看看他是否装对了，却发现他装了三包棉花糖，而没有装青豆。我们继续装箱，我努力说服自己相信：就算没有我的干预，比利也还是可以平安长大的。

大约一个小时之后，老爸过来找我们。此时大部分的家庭都已经离开了，我累得筋疲力尽。当比利出现在我面前的时候，我正在玩弄着自己外套上的扣子。他一直都在幼儿托管区。

"嗨，米雅！"他用他那尖锐的男童声音说。

"嗨，比利小子。"我弯下身来，他马上飞奔进我的臂弯里。我有点惊讶，但也以拥抱来回应他。

"现在已经超过我上床时间很久很久很久了。"他小声地告诉我。

"我也是。"我小声回应他。这时他妈妈看到我们了，赶紧跑了过来。她抓住比利的手，用一种恼怒与怀疑的表情看着我。

"拜拜，米雅！"被他妈妈拉出门的时候，比利大喊着。我也朝他挥挥手，这时我们之间的门刚好关上了。"祝你好运，比利。"我难过地低声说着。

回到家，我发现有一封亚当发来的电子邮件在等着我。

亲爱的米雅：

　　我替你做了一点研究。我想你在针灸之后见到的影像，应该是人们所说的荷尔蒙在起作用，其中一定有某种共感觉的连结。在你问我什么是荷尔蒙之前，我先告诉你网络上的定义："一种所有动物与人类都会散发的物质，肉眼无法看见。这些物质的散发是为了影响另一个人或动物的行为。一只动物，例如一只公狮子，会散发这种化学物质到空中，以吸引一只母狮子。这只母狮子会感觉到这种化学物质，然后去找这只公狮子。这一切都发生在不知不觉中，它们都不知道自己正在做这件事。"这一定是一次非常特别的经历。请多跟我说一些。

亚当

当我想起罗杰的卷须云飘落到我身上的时候，我整个脸颊都红了。"我看到过别人发生这种情形。"我惊恐地小声说。罗杰怎么会希望我像一只母狮子一样靠近他？他甚至不太想跟我讲话，或者望向我啊！

隔天早上,在点名之前,罗杰来我的置物柜旁找我。他没有说哈啰,他只是突然就冒出来了。"你介意把去针灸诊所的时间从星期三改成星期二吗?因为星期三是感恩节的前一天,所以费丝调整了她的出诊时间。"

"那非常好。"我告诉他,希望自己听起来不会显得太焦急。

点名课的铃声响了。"好吧,我该走了,"罗杰说,"历史课见。"他走开了,现在他走路已经看不大出来跛了。

"你看吧?"我的背后响起一个声音,"我告诉过你的。"

我都不用回过头,就知道讲话的人是扎克。"你究竟告诉过我什么?"

"我说他爱爱爱爱你。"

"你太可笑了,扎克。而且,你想要点名课迟到吗?"

"不要紧的,我的老师爱爱爱爱我。"

也是哦,每个人都爱扎克。

放学之后,珍娜和我骑着车,沿着颠簸的路面,到杂货店去买她的生日派对要用的装饰品。我们懒得将车上锁,不会有人偷车的。每次来到这里,我都觉得我们像是《大草原上的小木屋》里的主人公。自从我们的身高长到够得着糖果柜台开始,我们就认识这家店的主人老麦克了。一看到我们,他就从柜台底下推出一个小盒子。

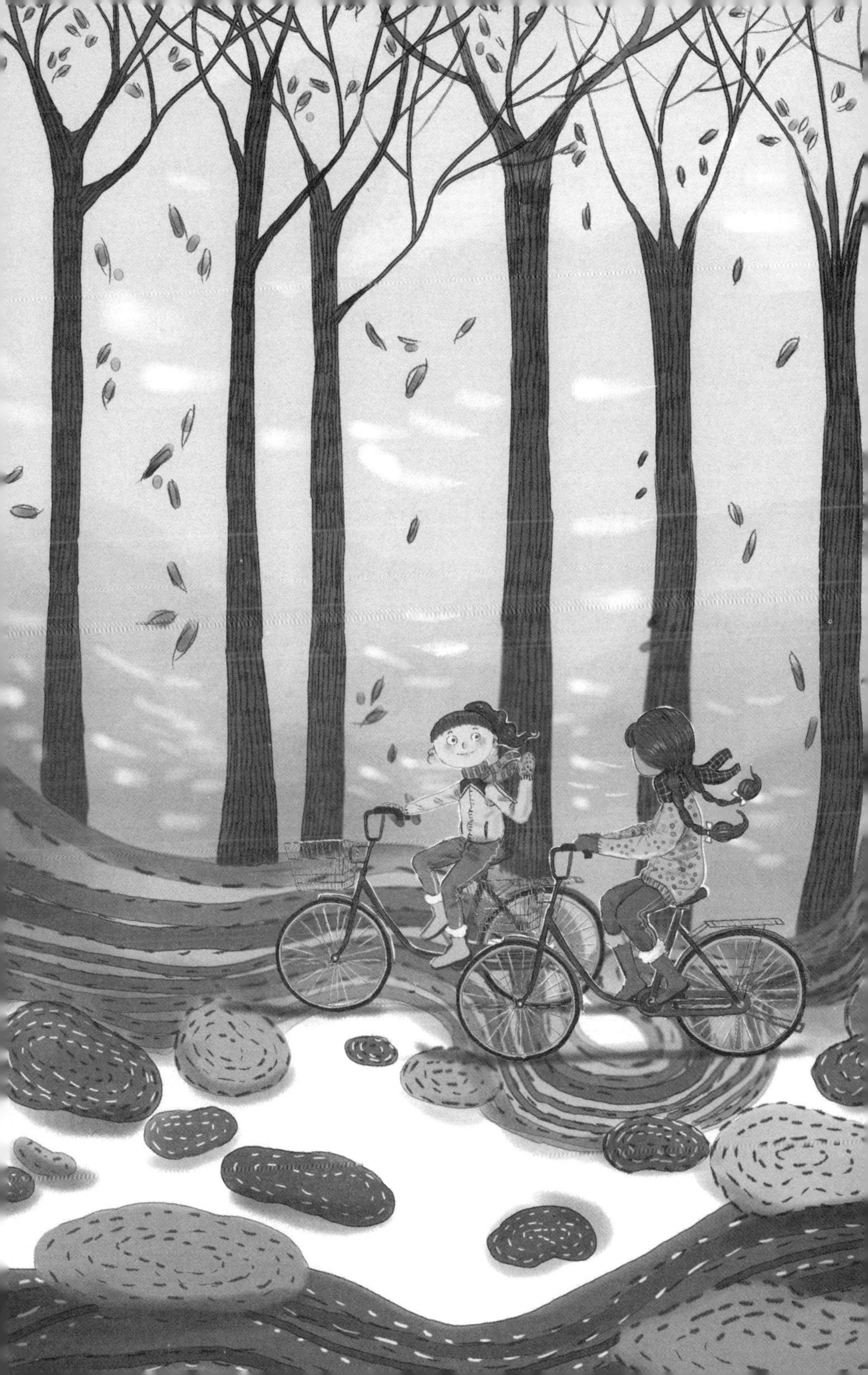

"我准备好气球了,丫头们。"他说着,把那个盒子放在柜台上,"但我还是不明白为什么有人想在生日派对上使用黑色的气球。"

"那是派对主题的一部分,"珍娜解释,"黑色是很高雅脱俗的。"

老麦克从丹田处爆发出一阵大笑。我不确定他到底在笑什么。

"高雅脱俗未免流行得太缓慢了。"他说。

"这个嘛,"珍娜说着,把手伸进口袋,摸出她爸爸给的钱,"我想我有义务推广这种风气。"她付了气球和彩带的钱,然后我们直接走到糖果区。珍娜仔细地挑选着巧克力,而我则在考虑该买泡泡糖还是火箭筒口香糖。后来我两个都买了。

"你一定不会相信昨天丽贝卡做了什么事情。"珍娜突然脱口而出。

"让我猜猜。她对你说了什么好话吗?"

"是的!你能相信吗?"珍娜终于选定了一种薄荷糖,我们走回柜台去付糖果的钱。

"她到底说了什么?"

"她说我的生日派对那天,她可以帮我编法式发辫。"

"我就知道那个女人是个不折不扣的魔鬼!你要让她那么做吗?"

"不!我是说,我不认为我会。怎么了?你认为我应该允许她吗?"

我耸耸肩:"法式发辫看起来也许很高雅脱俗。"

我们向老麦克道别,然后拿起我们的东西,放到珍娜的自行车篮子里。在我们离开之前,珍娜说:"我只是不希望让她以为我喜欢她。"

"我觉得你不需要担心这个问题。"

我利用周末的时间,开始画那艘艾波奴隶船的模型图,并且还试着赶一些家庭作业。中间休息的时候,我登录进入那个共感觉者网站。那里有一篇新文章,标题是"我如何克服对法文的恐惧"。这篇文章讲的是这位女士为了工作需要而学法文,碰上了很多麻烦。我饥渴地浏览着,希望它能对我学西班牙文有帮助。这位女士试过很多不同的方法来对照她的彩色字母,最后终于发现一个管用的办法。例如,对她来说,英语中"狗"这个词的颜色是绿色的,

但是法文中"狗"的颜色是浅蓝色。为了要记住怎么用法文说"狗"这个词,她想象自己置身于法国的一条街上,并且记住法国的"狗"是浅蓝色的。我不知道这个方法对我是否管用,但值得一试。有一天我一定要试试看。

当星期二下午终于来临时,我觉得自己如果不赶快躺到针灸床上去,就仿佛会爆炸似的。我焦躁地坐在车里,罗杰问我介不介意这次针灸的时间提前。我怎么会说介意?

最后,重要的时刻终于到来了。费丝问我耳朵感觉如何,而我花了一秒钟的时间才想起我说自己耳朵痛的事情。我跟她说我觉得好多了,但耳朵有时还是会痛。她点点头,解释说那些温和的电流会帮助我的耳朵加快痊愈的速度。当所有的针都插上之后,那些彩色的球体就立刻出现了。我松了一口气,不禁发出一声叹息。我甚至不需要睁开眼睛,就知道围绕在费丝周围的那道带着棕色的粉红色光芒又回来了。我又具有魔法了!

一种嗡嗡的噪音提醒我,针灸的通电电流已经开启了。当她接上那些电线的时候,我感觉那些针在被微微地拉扯着。

12
色彩轰炸

接下来,烟火便在我脑海里绽放了。

我猛地睁开眼睛,一切都是如此明亮,使我不得不把眼睛再次闭上。到处都是色彩,填满了所有的空间。我整个身体几乎都被它们淹没了,有那么一会儿,我被吓坏了,就像上次扎克让我所有的闹钟同时响起来一般。但是这次不一样,没有噪音,所有的彩色球体、锯齿状与漩涡状都是从我体内跑出来的。我慢慢睁开眼睛,现在情况稍微稳定一些了。费丝周围的色彩比第一次还要鲜明十倍,我因为向父母撒谎而产生的最后一丝罪恶感也离我而去。我很确定，如果他们知道眼前这个情形的话，一定不会拒绝让我拥有这种体验的。

我好不容易才注意到费丝的声音，她说我必须起来了，要换罗杰进来。她是什么时候把针拔出来的？我很快地站起身，抓着桌子，等待一阵头晕的感觉消失。我头昏眼花地走出去，来到候诊室。一切似乎都有生命。棕色的地毯像一片深远的、毛绒的森林地面。桌上碗里的水果也绽放着生命力。罗杰经过我身边，进入诊疗室时，在他身后拖曳的红色如此浓厚，仿佛可以碰触得到。我把装了四十块美金的信封放在柜台上。这是我两个月的零花钱，但这一切是多么值得。

罗杰进去做针灸的时候，我努力试着阅读，但我无法把注意力专注在杂志这种平面的东西上。卡尔森夫人一直在偷瞄我。我的举止很怪异吗？我交叠起双腿，以抑制自己用脚尖敲地板。时间过得好慢，最后罗杰终于出来了，我们终于可以走到户外去了。一切都闪耀着生命力！矮树丛、鸟儿、我、罗杰、罗杰的妈妈，以及路上的每一个人。人们碰过的东西，例如停车场的定时器与车门把手，全都闪耀着色彩。

"嘿，小心！"罗杰大声喊道，一把抓住我的毛衣，"你到底怎么了？"

"啊？"

"你刚刚快要走到车流里去了。"

"哦。"我抬起头来，发现自己站着的地方离街道只有两步远。我赶紧退回到人行道上。"谢谢。"

他担忧地注视着我，我们快步跑向前，赶上他妈妈的脚步。

我一进到家里，就被家人的色彩轰炸了。光是看着空中的色块，我就知道刚刚谁到过哪个房间。我很惊讶在一楼的地板上我没有看到更多芒果色的色块。可是当我上了楼，情况就改变了。我可以清楚地看见，当芒果在猫砂盆和我床脚之间来回走动时，身后拖着芒果色的线条。看来，它今天没有走到太远的地方去。我跳到床上，躺在它身边，琢磨着如果我把这件事对任何人说，听起来会有多么疯狂，他们一定不会相信我的。

晚餐时候，我努力让自己表现得正常些。这是我第一次很高兴地发现老爸还在屋外忙着。他是家里最会察言观色的人。再过几天，气温将会骤降，他必须尽快清空直升机里的液体，免得它们冻结。

"我希望每个人都能来帮忙，为感恩节做准备，"老妈说，她的语调透露着慌张，"只剩下两天了，而我连火鸡都还没有买回来。"

贝思把叉子放下:"你们知道每年都有四千五百万只火鸡因为感恩节而被宰杀吗?更别提新年的时候还会有两千两百万只被杀了。"

一片沉默。然后老妈说:"我想,我们可以用鸡来代替。"她低头望着眼前那盘烤鸡肉。今晚每个人都吃烤鸡肉当晚餐,除了贝思以外。

"你们知道每年在美洲有多少只鸡被杀吗?"贝思瞪大了眼睛,眼球都突了出来。

老妈叹了一口气说:"我猜你正要告诉我们答案。"

"八十亿!"贝思大叫。

"亿?"扎克问道,放下了正在嚼的鸡腿。

"该是改革感恩节传统的时候了!"贝思宣布,用拳头击打着桌面,"豆腐块!谁支持?"

"我支持。"扎克从椅子里站了起来。

"抢救火鸡。"我说,站到了他旁边。我的绿色云朵和他的银色云朵融合在一起,我觉得最近我们之间的紧张关系稍微缓和一些了。

老妈又叹了一口气:"你们老爸不会喜欢这个主意的。"

"他很有可能都不会注意到。"扎克说。

我让他们去讨论细节。我得去做家庭作业了,我连一份作业还没做完呢。我的奴隶船图画明天要交,我得努力地设法完成它。可是芒果和我的橘色与绿色色块充斥着我的房间,使我很难专心。画完之后,我把画笔上的颜料擦干净,然后往后站一步,端详这件作品。这个嘛,它当然不是我最好的作品,不过也算可以了。

第二天早上,当闹钟响起时,我真不敢相信我居然还看得到手臂周围有一抹绿色。芒果仍然在床底下发光。针灸的效果还没有散去。有一秒钟的时间,我心里闪过了一丝担忧,然后我决定还是好好享受,因为再过几个小时,我的魔法可能又会失灵了。

光是走在学校走廊里,就是一次令人难以招架的考验。走廊里充满了层叠的色彩,看起来很美丽,只是我不停地撞到人。球体与卷须状到处飘浮,于是理所应当地我没有准时抵达点名课。点名课之后,我们又要举行一场感恩节演讲,这样一来,剩下的课时就会缩短了。每个人都涌向礼堂,走廊里再次挤满了人。我在人群里畏缩着前进,直到有人叫我名字的时候我才抬起头看。

"我们一直在找你。"劳拉说。罗杰和她一起。

"我们想在上课前先看一下那幅画。"

哦不!那幅画!我把它忘在家里了!"我得走了。"我告诉他们,然后就在人群中向前穿行,头也不回。当我走到离礼堂远一点的地方时,走廊里已经空了,没有人看到我

走进电话亭。我简短地祈祷了一下,希望老爸老妈至少有一个在家。

"喂?"

我从来没有这么高兴听到老爸的声音。我请求他务必帮我把我房间里那幅奴隶船的图画送到学校来。那幅画已经包好了,随时都可以拿着走。

"不能等到明天吗?"他问。

"爸,明天是感恩节!"

"哦,对。嘿,我们是不是应该把火鸡拿出来解冻了?我现在在厨房里,可是没看见火鸡。"

"我相信一切都在老妈的掌控之中。"我才不要当那个把消息告诉他的人呢!"爸,你动作得快点,在演讲结束之前帮我把那幅画送到学校来。"

"好啦,好啦,我现在就出门。"他挂上电话之前,在喃喃地自言自语,我只听见了"火鸡"这个词。

我在电话亭外的走廊上来回踱着步,不知道该怎么办。朝会礼堂里人那么多,我不可能待在那里,但是如果我一直站在这里,很快就会有人来要我出示不必参加演讲的许可。一道门在我面前打开了,两名咯咯笑着的女孩从厕所里走出来。等到她们在走廊尽头转弯后,我躲进了厕所里。我阅读厕所墙壁上的字,以打发时间。"珍妮爱杰夫。""我讨厌代数。""想要找乐子，请打电话给汉克。"和我在人们周围看到的颜色相比，今天我看到的彩色字母要黯淡很多。我读完墙壁上的字之后，坐在窗台边，看着外面的世界。看到觉得无聊的时候，我就审视着镜子里的自己。明亮的灯光使我能够看清楚脸上的每一个毛孔。那并不是太好看。我发现从镜子里看不见我周围的绿色光芒。要是以前我绝对会为此事震惊，可现在这种时候，已经没有什么事会让我觉得惊讶了。

每次有女生进来上厕所，我就开始洗手。如果我再多洗一次，就要脱皮了。终于，我决定勇敢地走到外面的走廊里去，在学校大门口旁等着。老爸的卡车在一分钟之后赶到了，按喇叭向我示意。我畏缩地转头望向背后，以确定没有人听见。等确定一切安全之后，我立刻跑出去，从卡车后座拿起那幅图画。

"不给我一个拥抱啊？"老爸说着，下了卡车，伸展身子。

"我双手都满了，爸。我欠你一个人情，好吗？谢谢你帮我送过来。"我转身跑进学校，这时候走廊里又再次挤满了人。虽然只过了十五分钟，可是每个人的光芒都黯淡了许多，我穿过人群变得更容易了。我向共感觉之神献上感恩的祈求，谢谢他赐给我这种感觉，也谢谢他让这种感觉消失。我也向感恩节朝会之神献上了一个感恩祝福。

第一组报告完麦卡锡的听证会之后，就轮到我们报告了。我们四人在教室前面集合，我把那幅画靠在黑板上。至少我不需要开口说话。劳拉、罗杰和乔纳轮流背诵着艾波人和他们那次航程的故事。莫里斯夫人听得很入迷，全班同学都在很认真地听。报告完之后，莫里斯夫人要我们谈谈那幅画。我的三个组员转向我，满脸期待。自从三年级那别具意义的一天之后，我就再也没有在全班同学面前说过话了。此刻我全身都僵住了，用求助的眼神望向罗杰。他静静地挥手示意我开口说话。我顿了一秒钟，看到他们三人都往我这个方向送出色彩黯淡的卷须状与球体。他们在试着给我支持。我浅浅地吸了一口气。说话的时候，我努力盯着那幅画，而不是全班。

"嗯，我画了这艘迷失在海洋中的奴隶船，是为了表示有些艾波人的灵魂至今还是得不到安宁。"我瞄了一眼罗杰，他挥手示意我再多说一些，"还有，呃，我用水彩颜料，是因为它很容易就能被清洗掉，就像艾波人的记忆会被淡忘，除非我们继续研究。"我从那幅画旁移开几步，表示已经讲完了。全班同学都为我鼓掌，莫里斯夫人说她想把这幅画挂在教室里。她戴上从讲台最上层抽屉里拿出来的橡胶手套，这才抓住那幅画的边角。

"颜料已经干了。"我说着,让路给她。

"是的,嗯,我这是以防万一。"她回答。我知道,她是不想让她的手沾到细菌,而不是湿颜料。我不禁感到有一点被污辱。

"你今天早上跑到哪里去了?"一起走回座位的时候,罗杰小声问我。他的卷须状色块很活跃,但并没有朝我这个方向飘过来。我本来以为他会赞美我刚刚对那幅图画的解释,但他却没有。

"我去调查有关印第安人的事了。"我也小声地回答。

"很好笑。"他说,"你把画忘在家里了,对不对?"

我还来不及回过神来回答他,他已经坐回位子上,眼光移向了别的地方。

感恩节常常是在星期四,这真的很奇怪。昨天我还在学校上课,今天就在家里庆祝这个盛大的家庭节日,这种反差有一点大。我的看法是,我们应该整个星期都放假,就像新年假期一样。坐下来吃感恩节大餐的时候,我看到的每个人周围的光芒都已经褪得更加黯淡了,只剩下一点点微弱的光。不知道为什么，芒果的光芒是最亮的。老爸整个早上都不跟老妈讲话，因为火鸡大餐变成了豆腐餐。直到下午三点钟，贝思向他晓以大义，说感恩节的意义在于为所有生命的自由表达感激，包括火鸡在内。老爸这才终于妥协了。

今天是爷爷过世之后的第二个感恩节。没有了爷爷，感恩节就是不太一样。感恩节是爷爷生前最喜爱的节日。以往他总是会拿几根珍娜的爸爸送给我们的玉米秆，用食物颜料在玉米上画一些扎染图案。过了一段时间，那些玉米就会开始发臭，但它们能让餐桌看起来十分有节庆气氛。现在没有爷爷在，感恩节实在太安静了。芒果在我的椅子底下蜷成了一个球，我在心底暗自感激它把一部分的爷爷带回餐桌来，即使只有我一个人知道这件事。兽医叮嘱天气冷的时候，要把芒果留在屋内，我们已经有一阵子不准它去外头了。最近它终于放弃了在后门旁边踱步，只是用渴望的眼神望着窗外。我弯下身去，递给它一块豆腐。它闻了闻，皱起了鼻子。

晚餐之后，老妈在客厅里享受她应得的休息，而我们其他人则负责收拾餐桌。我们本打算到墓园里去探望爷爷，但是外面太冷了，老妈不让我们出去。寒流很明显已经抵达。

我们四人在厨房里制造了很多噪音,也许是觉得刚刚那顿晚餐太安静了。在一阵锅碗瓢盆的碰撞声当中,老爸提高声量,问我是不是对那场共感觉者的聚会感到兴奋。

我点点头。就要与每个人见面(包括亚当)了,我不知道自己是紧张还是兴奋。我很高兴星期五晚上有一个短暂的见面会,这样一来,到了星期六,我就会觉得自在一些。我希望如此。珍娜的生日派对是在星期六晚上举行,这个周末我将会很忙。

"那场怪人秀到底什么时候开始?"扎克一边问,一边把他的脏碗盘丢进装满肥皂水的水槽里。

"扎克!"老爸吼道,用抹布打了一下扎克,"向你姐姐道歉。"

"我很抱歉,米雅。"扎克说,假装正经地低下头。

"不,你才不觉得抱歉呢!"我回答。

"我看起来没有一点点抱歉的样子吗?"

"你只是觉得难过,因为我们到时候都不在家,贝思得做你的保姆。"

"我不需要保姆!"扎克用一种惊恐的语调大叫着,"我已经十一——"

"我觉得米雅所做的事情很时髦。"贝思插嘴道。我们三

个人都转过身去盯着她,老爸的抹布干脆掉到了地上。

"时髦?"扎克重复道。

"怎么了?"贝思一脸无辜地问,"难道我不能在感恩节的气氛中,对米雅说点好听的话吗?"

"我们为什么不试着让感恩节的气氛持续一整年呢?"老爸建议,他从地上捡起抹布,把它抖一抖,"那样不是很好吗?"

"好的,爸,"扎克信誓旦旦地说,"没问题。"

那天晚上剩下的时间里,我们都试着对彼此好一点。要做到这样,必须让我们三姐弟待在不同的角落。扎克趴在电脑旁,贝思向老妈示范新的瑜伽动作,而我则把所有的衣服都堆在地板上,思索明天晚上最完美的装扮。最后,我偷偷溜进了贝思的房间,从衣柜后面拿出她那件蓝白条纹的连衣裙。她两年前就穿不下这件连衣裙了,可她就是不愿意把它给我。我把自己的衣服脱掉,套上这件连衣裙,在她的半身镜里欣赏自己的样子。袖子有一点点长,但整体还算合身。裙摆的部分有一点波浪卷曲,使裙子看起来向外飞扬。这件连衣裙给了我不同寻常的感觉,一种淑女的气质。从楼下传来的笑声提醒我:如果我想争取这件连衣裙,就必须把握有限的时间。我飞快地换回自己的衣服,然后带着这件连衣裙下楼。贝思仍在起居室里做着一个面朝下的狗趴式动作。我和颜悦色地询问自己能否借穿这件连衣裙。因为老妈也在场,而且今天又是感恩节,所以贝思别无选择,只好答应了。我走上楼的时候,可以感觉到贝思正瞪着我的背影,但是我不在乎。我觉得自己很淑女,而且我明天晚上要和一个素未谋面的朋友见面。

13
诗里的彩色花园

雨点落在老爸的卡车挡风玻璃上,要不是我心中满是焦急期待的情绪,那种节奏韵律几乎可算是安抚人心的。我努力抑制住自己的慌张,因为每次坐立不安的时候,破损的坐垫就会摩擦我的小腿肚子。老爸的车子也许比老妈的更适合在雨中驾驶,但没有人会形容它是舒适的。前往芝加哥大学的路程似乎十分漫长,车外很阴暗,我甚至看不清楚路边的景象。

"我们快到了吗?"这是我第十次问这个问题,老爸老妈都懒得理我了。事实上,他们可没有回答我前面九次的提问。可外面实在太暗了，又下着雨，我实在看不出我们究竟到了什么地方，这可不是我的错。也许我应该穿裤子来的。虽然杰瑞说大部分的共感觉者是女性，但我所认识的两位共感觉者都是男生，万一我是聚会中唯一的女生，那该怎么办？我应该是年纪最小的，万一我说了什么愚蠢的话，又该怎么办？也许我什么话都不该说。

最后，老妈终于示意我看路边的一块标牌，上面写着"距离大学校区三公里"。杰瑞向校方租借了一幢大楼用于这次聚会，说那里的气氛很舒适。当我们在那幢大楼前停车时，我看见有烟从烟囱里袅袅升起。我走出车子，撑开雨伞，冷得浑身发抖。

快要走到门口时，门打开了，黛比探出头来。她朝我微笑，挥手要我们进去。隔壁的房间里一直传来谈笑声，看来不少人都来了。

"您一定就是温切尔先生了。"黛比说着，使劲握老爸的手，然后她转身朝向老妈，"我们很高兴你们两位都来了。其他人也都已经来了，米雅，你准备好和他们见面了吗？"

我的双腿似乎不愿意移动。我沉默地点点头。

"让我先帮你把外套挂起来。"

我脱掉外套，连同滴着水的雨伞一起交给黛比。她把它们塞进一个小衣柜里，然后用身体的重量顶着门，把门关上。接着她把手搭在我的手臂上，领着我来到另一个房间。老爸老妈跟在我们后面。

"这里就是了。"她说。我盯着这个房间，这里看起来就像一个普通的起居室，里面有沙发、椅子以及一个壁炉。十四五张陌生的脸孔转向我。谈话声逐渐停止，他们在等着黛比介绍我。这群人里有四分之三都是妇女，我的年纪比她们小太多了。我立刻就看到亚当了，因为他是这屋里唯一的少年。他长得有点像罗杰，除了脸比较圆、发色比较深以外。他的笑容很灿烂，笑起来几乎要占据他整张脸的下半部。我猜他也知道我是谁了。我扫视了一下其他人的脸孔，却没有看见杰瑞的踪影。每个人周围的光芒都很模糊，不至于让我分心。我松了一口气。

"这位是米雅·温切尔，"黛比介绍道，把我推到她身前，"她一直都在芝加哥这里跟我们合作。"

"嗨，米雅。"大家向我招呼道。

"嗨。"我小声地回答。我很快就发现自己的穿着很得体，总算稍微松了一口气。我爸妈坐到了角落边的折叠椅上。

杰瑞从房间的另一头走过来，端着一盘食物。看到我的时候，他整张脸都亮了起来。

"米雅！请在沙发上找个位子坐下。海伦，你愿不愿意移过去一点？"

海伦大约六十岁,穿着我所见过的颜色最为鲜艳的拼色礼服。"当然愿意了。"她说。她把裙子撩起来,拍拍身边的位子。我走过去坐下。我很惊讶自己居然没有踩到坐在地上的人。海伦亲热地拍拍我的膝盖,长耳环来回摇晃着。

"现在既然大家都到齐了,"杰瑞说着,坐到壁炉边的一张椅子上,"让我们最后一次轮流做自我介绍吧!"

这群人笑着低声抱怨起来。杰瑞补充道:"这一次,请多说一点自己的共感觉状况。"

介绍开始了。学校里的同学认为我已经够奇怪了,我想他们绝对不会相信这里某些人所说的话。一位女士说,她每次吃冷的食物时,就会看到色彩与形状。另一位女士说她的数字不仅有颜色,而且还有个性。房间里另外三个人立刻跳起来,说他们的数字也有个性,于是几个人开始小小地争论起数字 8 是害羞的,还是活泼外向的来。我吃惊地聆听着,一有机会就偷瞄亚当。

"数字 8 肯定是活泼外向的,"一位女士说,"因为 3 是害羞的,4 是粗鲁的,而 2 就像你的好哥们儿一样。我讨厌学校里的数学课,因为要让性格合不来的数字合作,总让我感觉很为难。"

"我也是这么觉得。"一位二十多岁的男子说,"你可以试着向你的数学老师解释:把数字 6 与数字 2 放在一起,会让你有罪恶感。"

我看到爸妈在房间的那一头扬起了眉。我很高兴接下来的两天他们不在这里。我快速地摇摇头，示意他们不用担心——我的数字并没有个性。我想，数字具有个性，应该会让事情变得很有趣，只不过我数学上的麻烦已经够多了，不需要罪恶感再进来捣乱。

轮到亚当自我介绍的时候，他口齿清晰，而且与房间内围坐成一圈的每个人都有目光接触。这让我印象深刻，他一定很有自信。

我非常专心地听别人说话，直到海伦在我旁边站起来，我才想到马上要轮到我做自我介绍了。海伦清清嗓子，背诵了一首莎士比亚的诗。我很确定那是莎士比亚的诗，九年级时我们才会学到。背完诗后，海伦从眼角抹去一小滴眼泪，说道："我还是个小女孩的时候，就开始读诗了。我所挑选的诗，里面包含的词汇都具有最美丽的色彩。如此一来，我的眼前就会出现一座彩色的美丽花园。"

接下来轮到我了。我花了几分钟谈论我看到的颜色，我真希望能告诉他们我看见荷尔蒙的事。但此刻我爸妈也在场，我可不敢说出来。我说话的时候，大家都点着头。能和一屋子了解我的处境的人在一起，这种感觉实在很棒。我讲完之后，亚当向我竖起了大拇指。

最后一个自我介绍的人是一名男士,他看起来年纪和我老爸差不多,但体重要重许多。他解释说,颜色主宰了他的生活。他挑选朋友的方法,是根据他是否喜欢他们名字的颜色。他甚至用这种方法来挑选食物。"不幸的是,"他指着他的大肚腩,"我最喜欢的颜色是巧克力这个词的淡绿色!"他还说,他必须把车里的广播关掉,才能专心开车。房间里半数以上的人都点头表示同意。再过三年,等我要考驾照的时候,我必须记住这件事。

之后大家开始自由地大声说话了。房间里年纪最大的男士,看起来大约有七十岁。他说他之所以会娶第一任妻子,是因为她的名字尝起来像花生酱。后来他遇到另一个女子,她的名字尝起来像水蜜桃,正好是他最喜爱的食物,所以他就和第一任妻子离婚,与这位水蜜桃女士结婚了!一名女士宣称,她可以用上下或前后次序颠倒的方式进行阅读和写字,而且当她用右手写字的时候,她的左手可以同时倒着写出同样的字句。还有三名妇女大声说她们也办得到。我已经好几年没有想过这个问题了,但我小时候也能办得到。我从来没有想过那可能与我的颜色有关联。也许,不论我大脑里是哪条"管线"搞乱了,一定都与这些怪事有关。

等到大家都安静下来之后,杰瑞问道:"有没有人想要分享有关字的图像?这次让我们举手发言。"

三只手举了起来,可是接下来他们全都同时开口说话。我想我很快就能知道什么是"字的图像"。

"杰瑞这个名字就像一块大方糖,上面插着筷子……"

"不,才不是,它像一辆自行车,上面有一个红色把手……"

"不可能,它是一个里面的棉花被挤出来了的大枕头……"

我们其余的人面面相觑,耸了耸肩。如果每个字都有图像,那他们的脑子里该有多拥挤啊。由于明天必须早起,杰瑞让大家再稍微互相聊聊天,就先结束今晚的见面会了。这个周末剩余的时间,将会进行一些实验。我感觉自己像是精英俱乐部里的一分子,都等不及明天的到来了。我曾经还希望自己的共感觉症状消失,如今想起来实在很不可思议。这时亚当示意我走到壁炉旁,他伸出手来。

"我们还没有正式认识。"他用一种假装大人的声调说。

我伸出手去握他的手。他抓住我的手,亲吻我的手背。啊!他竟然亲吻我的手!幸好我爸妈已经走出房间,否则我一定会羞死了。

"幸会,温切尔小姐,"他轻轻放下我的手,"亚当·狄克森听候您的差遣。"他拉拉他的厚毛衣衣领,"这里有点热,对吧?雨已经停了,也许我们可以到外头去呼吸一下新鲜空气?"这房间里确实有点闷热。当然,也有可能是因为我们正站在壁炉前。我还来不及开口,亚当就抓起我的手,领我从一道后门溜出去,进入一个小小的庭院。我的精力如此充沛,几乎感觉不到寒冷了。我们坐在一张长椅没有被雨淋到的地方。我还从来没有和男生在黑夜中单独相处过。呃,当然,除了扎克以外。我的手心冒着汗,我忍不住把手在连衣裙上轻轻地擦了一下。

"这里感觉很不错,对吧?"亚当说。我不确定他指的是这场聚会,还是我们一起坐在长椅上这件事。

"嗯。"我想这是个安全的答案。

"这是从哪里来的?"他问道,轻柔地碰触我的友谊手链。他的手指划过我的手臂时,我微微颤抖了一下,然后告诉他有关手链的故事。

"你冷吗?"他问道,把身子靠过来,"我们刚才应该从屋里拿一瓶酒出来的,他们不会发现的。喝酒可以让你立刻就温暖起来。"

"我不冷,真的。"我告诉他,"你上次喝酒的时候,不是吐得很厉害吗?"

"哦,那件事呀,当时我还只是个小孩子。"

我还来不及开口问他觉得现在的自己是什么,他就说:"你的样子看起来正如我所想象的。我和你想象的一样吗?"

"我不知道,我并没有真的——"

"米雅?"他打断了我的话。

"什么事?"

"我可以拥抱你吗?"

"什么?"我问话的音量有点大。

"算了。"他说,目光飘向庭院的那一头。

"不,我是说,没关系。我是说,是的,你可以。"我急得语无伦次,他对我投来一个微笑。要不是我的手掌已经布满了汗,现在它们一定会再冒一次汗的。他的双臂环住了我,我感到很温暖。

突然间,我听见身后有脚步声。"米雅!"

我赶紧把身子缩回来,远离亚当。是老妈!看到我在黑暗中的长椅旁拥抱一个陌生男孩,她看起来很不高兴。

我连忙向老妈介绍亚当,解释说我们早已认识彼此了。

"很好。"她生气地说,拉着我的袖子把我拖走。我所能做的,就只有向亚当挥手道别。

"明天见,米雅。"亚当在我们背后大喊,"很高兴见到您,温切尔夫人。"

老妈以低吼来回应,随即把我的外套扔给我。我很好奇她对贝思的男朋友是否也这么严厉。我并不是说亚当是我的男朋友,我甚至不知道我是否希望他做我的男朋友。

回家的一路上，我都在思考着这个问题。当我漫不经心地吃着感恩节的剩菜时，我还在思考。豆腐还剩一大堆，这一点也不令人惊讶。经过了一天，它的味道的确尝起来更好了。不过这也许是因为我是在午夜十二点穿着睡衣吃的。

我突然想到，再过六小时我就又得起床，才能在早上九点之前赶到芝加哥大学。我迅速把剩余的豆腐包好，把叉子丢进水槽里。走出厨房的时候，我经过芒果的食碗，看到里面的食物仍像今天早上时一样满。我猜，一定是感恩节大餐时，扎克趁爸妈不注意一直喂它，把它喂得太饱了。在食碗前面有一道细细的橘色光芒，那是我的魔法最后的印迹。每个人的光芒都几乎完全消失了，但我却还看得到芒果的，这个现象很有趣。

我的厚袜子很适合在光滑的走廊上滑行，我紧紧抓住楼梯扶手，才没有撞到前门。当我完全停下来的时候，满月的光华从客厅窗户照进来，洒满我全身。外面天气很冷，但我很想出去坐在前廊上。

我从前门的衣柜里拿起外套，打开前门，溜到外面去。门口的第一个台阶似乎已经足够干燥了，我坐下来，望着云朵快速地飘过月亮前面。我刚刚才和十四个像我一样的人共处一室，这实在令人难以置信。我等不及要告诉他们有关针灸的事情。不过，针灸带来的体验虽然很酷，但确实也让人分心。可是，如果我今晚的能力更强一点，我就可以知道，当亚当拥抱我的时候，他心里究竟是怎么想的。那可能会有用。

又下起了一阵毛毛雨，空气变得潮湿起来。等我回到房间的时候，雨滴已经开始密集地敲击地面。我懒得刷牙了，直接爬进了温暖的棉被里。

凌晨三点半左右，一阵巨大的雷声把我惊醒了。我抬起头，寻找芒果的身影。它一向很讨厌雷声。即使在黑暗之中，我还是看得到它的橘色光芒。我伸出手，想把它揽进怀里，但我的手却落在空空的毯子上。这时候凑巧又出现一道闪电，让我清楚地看见了芒果的确不在床上。床上唯一存在的，只是一个芒果的身形。我坐起来，努力回想最后一次见到它是什么时候。我上床睡觉前，一定喂它吃过药了。可为什么我不记得了？我的记忆力向来很好，但昨晚的记忆却几乎是一片模糊。我盯着那条小熊维尼的毯子，幻想着芒果会突然出现。

没有用。

我集中注意力，发现一道模糊的橘色光芒从我的床边出发，一直延伸到房门之外。我决定去追踪它。顺着那道光芒走到前廊的时候，我面临着一个选择，是该追踪那道通往楼下厨房的浓厚的橘色光芒，还是那道直达前门的模

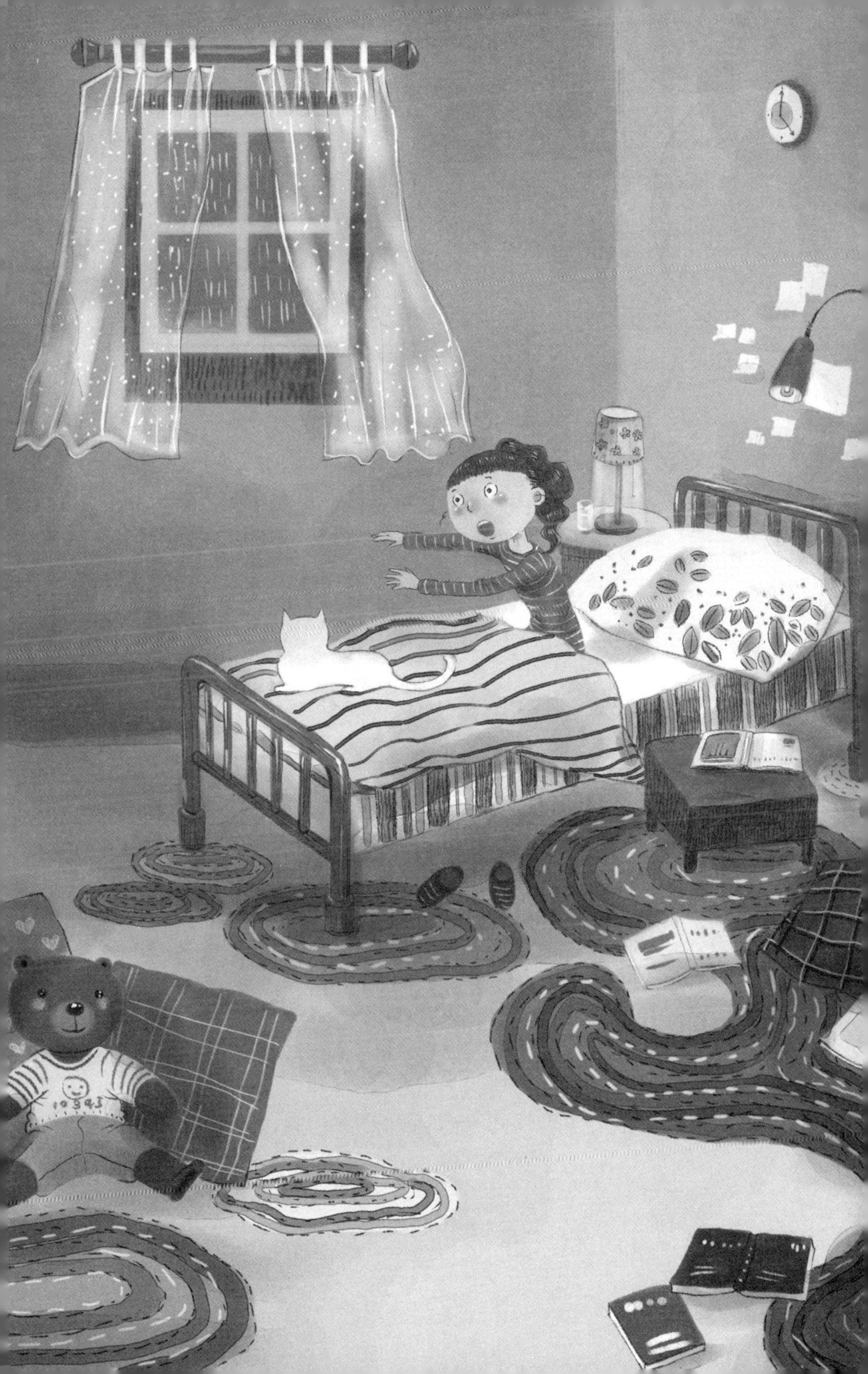

糊的橘色光芒？我的心脏怦怦直跳。我打开前门，发现芒果在门垫上蜷曲成一个小小的球。它看起来很冷。我马上把它抱起来，它缓慢地睁开一只眼睛，很快又闭上了。我将它紧紧抱在胸前，用我的屁股把门推上，然后赶紧回到床上。我们躺在棉被里，我用自己的体温来温暖它。在接下来的一个小时里，我一直抱着它，抚摸它，偶尔会纳闷为什么我没有看见它溜到外面去。我恨自己让它变得这么冷，内心挣扎着是否该再给它喂一颗药丸。芒果也许不知道，在这么冷的天气里到外面去是很危险的，但芒果身上的爷爷那部分应该知道的。也许当时爷爷那部分正在睡觉。等到芒果终于开始发出呼噜呼噜声时，我才让我的眼睛闭上。

我再次醒来时，已经是几个小时之后了。火炉里柴火燃烧的哔剥声，几乎淹没了芒果沉重的喘气声。几乎。我试着把它叫醒，但它没有回应。随后它开始抽搐四肢，但还是不肯醒来。这是我这个晚上第二次从床上跳起来，冲进走廊。我跑向爸妈的房间，疯狂地敲打他们的房门。老妈打开门，立刻露出担忧的神色。

"怎么回事，米雅？"

我紧握双手，觉得心脏仿佛快要在胸腔里爆炸了。"我们得立刻带芒果去看兽医。它不太对劲！请快一点！"

我们一起跑回我房间。老妈看了芒果一眼，它仍在抽搐。

她叫我用毯子把芒果包起来，到车里去等她。我套上雨鞋，迅速地考虑了一下是否该换上正式的衣服。芒果又开始了另一阵抽搐，促使我下了决定。我拿起小熊维尼毯子，把它包在里面，往楼下冲去。老妈也穿着睡衣和雨鞋，她正在厨房里打电话。

"兽医怎么说？"我问道，同时又很怕知道答案。

"昨晚的暴风雨使主要道路都淹水了，"老妈无助地说，"她没有办法赶到她的办公室，而我们也没办法赶到她家。"

我盯着老妈，试着消化这条信息。"我们用直升机！"我说，一股恐慌在我的胸腔里逐渐涨大，"现在已经不下雨了，是吧？"

芒果大声地喘息起来，老妈让我在门边等候，她匆匆地跑回楼上。我在楼梯旁等着，耳朵因为恐惧而嗡嗡作响，每一秒钟都仿佛一小时那么漫长。老爸终于出现了，他一边套雨鞋，一边单脚跳着前进。

"我们要降落在哪里，爸？"我问，感到喉头紧绷。

"这个问题交给我。"他说，"你在这里等，我去发动引擎。"

我看着他跑过被雨水浸湿的草地，消失在停机坪里。我记得芒果那芒果色的喘息向来是多么抚慰人心，因为那意味着它仍在我们身边。此刻这些喘息比平常更加抚慰人心。老妈和扎克到厨房里来找我。在等候老爸的时候,扎克温柔地搓揉着芒果的头。每隔几秒钟,我就能感觉那条薄毯子下传来一阵抽搐,我的胃里不停地翻滚。

老爸让直升机的灯一明一暗地闪起来,向我们示意他已经准备好了。我抱着芒果跑过去,曲身遮住它,让它保持温暖。我爬进直升机,将自己固定在座位上。当直升机的推进器加速的时候,我紧抱着芒果,低下头伏在它身上。直升机开始起飞,但很快又落在了地上,推进器发出噼里啪啦的声音。我发现自己一直在屏住呼吸,于是我逼自己开始喘气。当我呼气的时候,我的眼泪滑落下来。

"快一点,爸,拜托!"我哀求着,哭了起来。

"我正在努力,米雅,稳住。"他在仪表板上做了一些调整,然后推进器再次缓慢启动。

"撑着点,芒果,"我温柔地拍拍它,"你很快就会好起来的,我保证。"

芒果轻轻地发出一声喵叫。我感觉稍微松了一口气,心想也许它明白了我的意思,知道我们正在设法寻求援助。直升机再次开始起飞,我的大脑花了一秒钟才意识到事情有些不一样。芒果不再抽搐了。它也不再喘息。它也不再呼吸。

"爸!停!"直升机又落回地面。

当我打开毯子,低头盯着芒果的时候,我的手指不由自主地颤抖起来。它看上去像在睡觉,只不过胸口没有上下起伏了。我摇摇它,但它毫无反应。

"把它翻过来,让它仰面躺着。"老爸焦急地说。

时间已经停止了。唯一存在于这个世界上的事物是我、老爸以及芒果。泪水滑落我的脸庞,把芒果的毛打湿了。老爸让芒果的头往后仰,朝它的鼻子和嘴巴吹气,然后用两根手指轻轻按压芒果的胸腔。我感觉自己快要窒息,快要昏过去了。一分钟后,老爸抬起头,注视着我。他的脸一片死灰,摇着头。

我的眼睛瞪得大大的,痛苦重击着我,像厚重的黑色浪潮。然后我开始大声尖叫,声音大到足以把死者吵醒。

只不过,无法吵醒死去的芒果。

14
空虚的黑色

我拒绝离开直升机里的座位。此刻我所有的家人都爬进直升机里来了。芒果躺在贝思面前的地板上,重新被包裹在它的毯子里。我甚至无法注视着它。我隐约意识到扎克与贝思正在哭,而爸妈在小声地交头接耳。我仍系着安全带,曲身抱着膝盖,一言不发,感觉像被人踢到了胃,不,比那疼上一百倍。这不可能发生,这不是真的,这不是我的生活。我幻想着如果继续重复这些话,也许我就能从噩梦中醒来。昨晚我是多么快乐,而现在我连自己的腿都无法感觉到。我的胸口正在燃烧,脑子里一阵麻痹,阻断了一切其他的事情。

"米雅?"老爸用一种低沉轻柔的声音说道,碰了碰我的肩膀,"我们进屋去吧?"

我仍然保持着弯身向前的姿势,用力地摇摇头。

"别这样,米雅,"老妈说,"坐在这里也无济于事。我想,就快要下冰雹了。"

冰块敲击直升机的声音,劈开了我脑子里的云雾。从我大脑的某个黑暗的角落里,我突然发现我看不见那些通常伴随着声音出现的彩色形状了。我所能看到的只有灰色的团块,就像嚼过的口香糖一样。事实上,刚才老爸发动直升机的时候,推进器的噪音也没有任何颜色。我记得,我看到的最后一个颜色,是我抱着芒果时它的喘息声所产生的橘色。我已经失去一切了。

老妈解开我的安全带,趁我进一步抗拒之前扶我站起身来。我的目光落在地板上芒果那僵直的身形上,顿时一股泪水又从我眼里涌出来。老妈抓住我的手臂,以防我再次跌进座位里。

我跟着老妈与扎克走出直升机,迷迷糊糊地感觉到老爸和贝思留在后面。在一阵头晕目眩中,我缓慢地走回屋内,几乎没有注意到冰块正砸落在我身上。我的大衣和睡衣的前面瞬间湿透了。我真希望冰块可以穿透我的身体,把所有的痛苦都带走。

　　我直接回到自己的房间，顾不上雨水和泥土也被带进了屋内，形成一道拖痕。我锁上门，脱下湿透了的睡衣，换上一套干净的。我想砸东西。我想把我珍爱的钟都从墙壁上扯下来，丢到房间的另一头。为了防止自己真的去破坏什么，我做了唯一一件合理的事——爬回床上，用棉被盖住我的头。这只是一场梦，我告诉自己，然后把身子蜷成一个紧紧的球。我会在真实的世界里醒来，一切都会恢复正常的。我紧闭双眼，逼自己做了一个深呼吸。随后我睁开眼睛，从棉被底下向外偷看，低头盯着床尾。可是我所看到的，就只有没有颜色的芒果的身形，以及芒果最爱的金丝雀崔弟玩偶。我抓起那个玩偶，紧紧地抱在胸前。这个玩偶全身上下都是小洞，因为芒果总是用它尖尖的牙齿叼着它到处去玩。我又开始颤抖，眼泪来得如此之快，我的眼睛热了起来。为什么芒果要在这么冷的天气到外面去？它知道它不应该这么做的。我怎么可能再也无法抱它、拍抚它，或听到它的喘息声？它走了，而且带走了爷爷留下来的灵魂。只剩我一个。芒果知道我有多爱它吗？

　　过了不知多久，一阵敲门声使我吓得跳了起来。我觉得很困惑，刚才我一定是哭着哭着就睡着了。突然我又想起了今天所发生的一切，于是颓丧地倒回床上。

"你的门锁住了,米雅。"老妈说。她转动着门把手。

"我知道。"我回答,声音因为埋在枕头里而模糊不清。

"我打过电话给杰瑞了,向他解释你今天为什么不能去参加聚会。"她隔着门说,"现在亚当打电话来找你,你想接吗?"

我花了一分钟才把她刚刚所说的事情拼凑起来。我甚至完全忘了聚会的事,也没有想到亚当。现在我根本不愿意想起他。

"我不想跟他讲话,"我说,"我不想跟任何人讲话。"

"你至少该吃点东西,现在已经是下午了。"

"我不饿!"我大叫着。我无法想象我会再次觉得肚子饿。

直到老妈的脚步声消失在走廊尽头,我才起身走到浴室去。从走廊柜子里飘出来的猫砂盒的气味,就像在奚落我。它仿佛在说:"如果你常常把我清理干净,也许芒果现在还活着。"我踢了一下柜门,把它关上,然后冲进浴室。我不小心看到了镜子里的自己双眼通红肿胀,像是已经哭了一个星期,而不是一天。我拿起牙刷,猛然又想起昨晚我决定不刷牙的事情,差点把牙刷掉到地上。我通常都是晚上刷牙洗脸之后喂芒果吃药的。昨晚我本来可以早一点发现芒果失踪了。

有人在敲门。"你弄好了之后,请到贝思的房间里来。"

扎克说。

我不理他，于是他再次敲门。

"走开。"我把牙刷放回牙刷架上，我现在没有办法使用它。

"你弄好了之后过来就是了。"

"除非贝思可以用她的魔法把芒果带回来。"

扎克没有回答，我听到他站在门外呼吸的声音。"我……我不认为她办得到。"他说。一分钟之后，门外传来了他穿着过长的睡衣走在走廊里时衣服的摩擦声。我猜他今天也没有心情把睡衣换下来。

我无法回去面对我空荡荡的房间，所以几分钟之后，我发现自己站在了贝思的房间门口。房间地板上有一个用绳子围成的不太规则的圆形，贝思和扎克就坐在它的中央。房间里的每个平台上都点燃了蜡烛。

"我们在等你。"贝思说。

"为了什么？"

"这是一个疗伤圆圈。"扎克解释，"贝思说，它会让我们在事情发生之后觉得好过一些——我是指芒果的事。我们知道你现在是什么样的心情。"

我感觉心里有一股愤怒升起，吼道："你们根本不知道我现在是什么心情！"

"我们也爱芒果啊,米雅。"贝思说。扎克也用力地点点头。

"你们不像我那样爱它,而且你们也没有害死它。是我害死了它,是我害死了芒果。"这些话一说出口,我就意识到它们是真话。我不该怪罪芒果离开我,我应该气自己让它离开。就像我们去年在学校里读的那本《小王子》里所讲的一样:"你必须为你所驯养的而负责"。我驯养芒果,我要为它负责,而我却让它失望了。我让它溜出屋外。昨晚我没有喂它吃药。最近我没有给它足够的关注。我用手捂住嘴巴。"哦,我的天呀,"我低语着,"我害死了芒果。"

我从走廊跑向我的房间,我能听到他们在叫我,可是我没有停下脚步。当我把门用力摔上的时候,并没有像以前一样出现棕色的圈圈。我跌坐在书桌椅子里,低下头来,趴在平滑的桌面上。罪恶感超出了我所能负荷的范围。我让芒果死了。不论它的灵魂此刻在何处,它一定很恨我。爷爷也一定很恨我。我猛然抬起头来,不禁感到一阵头晕目眩。我在底层抽屉里疯狂地翻找,一分钟后,我找到了我要找的东西。那是一个白色的盒子,里面有"来自月球"的一小片绿色东西。我再也不配拥有爷爷送的这个特别的礼物。我推开窗户,打开盒子,让里面的东西掉落在前院的草坪上。我把空盒子丢进垃圾篮里,把窗户关上。但我并没有觉得好过一些。

电话铃响了,却没有出现红色的漩涡。一分钟后,老妈来告诉我,说珍娜打电话来了。

"今晚是她的生日派对,是吗?"当我像行尸走肉般跟着她走到她房间时,老妈问道。"米雅,"她用温柔的声音说道,"你何不考虑去参加一下?"

我难以置信地盯着她问:"你告诉她今天发生什么事了吗?"

"没有,我以为你想自己告诉她。"

我勉强打起精神,不情愿地拿起电话说"珍娜?"

电话那头,珍娜立刻发起了质问:"你为什么还没有过来?在派对开始之前,我有一样很重要的东西要给你。莫莉和金柏莉在一个小时之前就来帮我准备了。"

"我很抱歉,我——"

"你今天下午在你的大型聚会里待得很晚,对不对?因为那些人比我更重要?我猜你甚至不想在聚会里佩戴我们的友谊手链!"

我想起亚当一边注意我的友谊手链,一边碰我手臂的事。那是昨晚才发生的事吗?感觉像是一年前的了,而且那个坐在长椅上的女生不可能是我。

珍娜把我的沉默视为默认。"我就知道!你不用过来了!"她大声地嚷道,猛地挂上电话。

我站在那里,茫然地盯着手中的电话听筒。

"你为什么不告诉她发生了什么事?"老妈问道,抓着我的手,引导我将话筒挂回电话机上。

"她不给我机会。"我耸耸肩,"反正也不是真的很重要。没有人可以让我的感觉比此刻更糟了。"

"打电话回去跟她解释一下?"

我摇摇头说:"反正我也不可能去参加那个派对了。"

老妈搓揉着我的头发。自从我不再是个小女孩以后,我都不记得她什么时候做过这个动作了。"你现在应该去吃点东西。"

"我不想吃。"

"我只求你试试看。"

我觉得不值得再为这种事争辩,于是任她带我走进厨房。我站在窗户边望着惨灰的天空,老妈则忙着为我准备吃的东西。报纸放在餐桌上,我瞄了一眼那个字大如斗的标题。所有的字母都是黑色的。我可以感觉到它们具有厚度,但是它们的颜色已经不见了。这会儿回想起我曾经希望所有的字母都是黑色的,我几乎要大笑起来。我不再是那个看见颜色的女生,也不再是那个爷爷的灵魂住在她的猫的身体里的女生。我只是个没有半点特殊之处的女生。我是个空虚的女生,就像一个泄了气的气球。我不敢相信这就是其他所有人一贯的感受。

老妈在我面前放了一个盘子,里面是夹着切达奶酪的小麦饼干。我尝了一口,差点把它吐出来。

"有什么不对劲吗?"老妈问。

"吃起来像潮湿的厚纸板。"

"试着把它吃下去吧。"

我的确在努力地把它吃下去,但就连吞咽都成了一件困难的事。我的喉头太紧了。我把奶酪和饼干吐在水槽里。我站在那里,扶着流理台,这时我突然想到,我刚刚走到水槽边的时候,并没有先跨过芒果的食碗。我低头望去,没错,食碗已经不在那里了。一股歇斯底里的情绪涌了上来,如今歇斯底里已经变成我很熟悉的情绪了。我指着地上。

"你们已经把它的食碗丢掉了?"我用颤抖的声音指控老妈,"你们怎么可以这样做?"

老妈跳起来说:"你爸爸认为最好能够——"

"还有,芒果现在在哪里?"我控制不住地尖叫起来,"老爸也把芒果丢掉了吗?"

"芒果在外面的小木屋里,米雅,你冷静下来。"

想到芒果独自躺在寒冷的小木屋里,我觉得自己的心正在碎成一百万片。我立刻冲出后门,跑向那个小木屋。老妈在身后大叫着说我没有穿鞋子,但我不理她。我径直推开那道破旧的木门。它躺在角落里,仍然包裹着它的小熊维尼毯子。我朝它走近一步之后,就再也走不过去了。我跪在冰冷坚硬的地板上,用双手捂着脸。

"我很抱歉,芒果……"我一遍又一遍地低声说着,泪水温暖了我的脸颊和双手,"我非常爱你,你是最棒的猫。全都是我的错……"

老妈出现在我身边,把手按在我的肩膀上说:"芒果也很爱你,米雅。你给了它非常美好的一生。"

"我害死了它。"我语气坚定地说,并没有抬起头来看她。

"你是这么想的吗?那太疯狂了。"

"你们都知道我是疯狂的,是吧?对了,现在你们不需要再担心这个问题了,因为我的颜色全都不见了!"

老妈用手托着我的下巴,迫使我抬起头来。她把双手放在我的肩膀上,直视着我的眼睛。我试着把头转开,但是她很坚持。

"听着,米雅。唯一疯狂的事情,就是你以为自己要为芒果的死负责。而且,要记得,杰瑞说你的颜色有可能在受到心理重创的时候消失。这件事的确可算是一种创痛。我相信你的颜色很快就会回来的。"

我从她的双手间挣脱。"我不要它们回来,我不配再拥有它们。你不了解,我确实害死了它!"我边说边跑回屋内,直接冲回我的房间。此刻我的房间已经开始让我感觉像是一间牢房了。那天晚上稍晚之后,老爸端了一碗温热的玉米浓汤到我房里来,他说除非我把它喝完,否则他不会离开。我一直摇头,但他坚持把汤匙塞给我。我勉强把那碗汤吞下肚子,甚至没有细细品尝它的味道。然后我把空碗交还给老爸。

"我们明天要为芒果举行一个告别仪式,"老爸说,他仍然站在我床边,"那可能会帮助你好过一些。"

"我不会参加的。"

"也许你明天早上就会改变主意。"他说着,拧熄了我的灯。我知道我不会改变主意的,我不可能眼看着芒果被埋到地里去。我试着入睡,然而脑海深处却有个念头:"等等,我得在睡觉前喂芒果吃药。"哦,现在我想起来了,我在一切都太迟的时候想起来了。

第二天早上,我是被扎克摇醒的。"我们就快要开始举行告别仪式了,"他说,"你必须起床。"

痛苦立刻回来了。我把棉被盖在头上闷闷地说道:"我跟老爸说过我不参加的。"

"什么?我听不见你说话。"

"我不参加!"我大声地重复。

芒果猫

"你觉得芒果会希望这样吗?"他一边问,一边冲出房间。

"芒果会希望活下来。"我小声地说。几分钟后,我逼自己起床刷牙。浴室窗户正对着后院,老爸正在那里用铲子铲着几乎结冻的地面。我靠近窗户,看到离他几步远的地方有一个小小的木盒子。当我明白里面躺着的是芒果时,我的胃便纠结起来。我的家人都站在一旁,缩成一团,抵挡寒冷。外面的风一定很大,因为贝思的头发一直在拍打她的脸。突然间,她转过头来,注视着我。她示意我下去。我摇摇头,退后几步,远离窗户。我在那里站了一分钟,双臂交叉抱在胸前。突然我跑回房间,在棉被底下寻找金丝雀崔弟玩偶,然后穿着拖鞋跑到屋外。现在大家都在爸爸挖的坑旁围成一圈,坑的中央则摆着那个小木盒。他们彼此握着手,祝福芒果上天堂,可是我仍然做不到。我还没有准备好送它上天堂。

我哭着把金丝雀崔弟塞给老爸,他放开贝思的手,接了过去。"你可以把这个玩偶跟它放在一起吗?"我问。

他点点头,弯下身打开那个木盒子。我趁自己在什么都没有看到的时候赶紧转过身去,跑回屋内。我再也无法待在房间里,我必须远离这里。我真希望自己已经到了可以开车的年纪。我穿上布鞋和厚毛衣,跑过每个人的身边,进入潮湿的旷野里。老妈在我身后呼唤我,可我没有回头。

我跑过那道沟渠，现在它的里面已经涨满了水流。野草和落叶十分湿滑，我很惊讶我居然没有面朝下跌倒。我一直跑，直跑到身体侧面有一阵剧痛传来。我想，我终于感受到饥饿了。这时我离墓园只有几米远了，我坚持又跑了一阵，直到抵达爷爷的墓碑。我伏在墓碑上，调整呼吸。我突然想到，我从来没有真正为爷爷哀悼过，因为我始终认为他仍和我在一起。现在我知道他真的走了，此刻到这里来的感觉就变得不一样了，变得更哀伤，更有终结的味道。以往我来这里的时候，芒果都会跟我一起来。我记得上次为爷爷带来那幅画时，芒果在上面到处乱踩。那时候它还精力充沛，而那才不过是几个月前的事。我垂下头，闭上眼睛，试着呼吸。

"你妈妈说我们也许能在这里找到你。"

我转过身去，看到了珍娜、莫莉与金柏莉，她们站在几块墓碑之外的地方，脸上还残留着为前一晚派对所化的妆。我看得出来莫莉和金柏莉不太习惯站在一群坟墓之间，她们不断地注视着地面，仿佛担心突然会有一只手从地底下伸出来。

"你们来这里做什么？"我问。

在回答之前，珍娜走过来，给了我一个大大的拥抱。她仍扎着为了派对所编的法式发辫。"莫莉和金柏莉昨天晚上在我家过夜的。今天早上，你妈妈打电话来我家，把一切都告诉我们了。"

"是啊，米雅。我真的对棉花糖的事情感到很遗憾。"金柏莉轻柔地说。

"棉花糖？"我困惑地望着她。

"她是指芒果。"珍娜说，然后瞪了金柏莉一眼。

金柏莉看起来比我还迷惘。"你确定？我以为它的名字是棉花糖。"

"它的名字是芒果！"莫莉语气坚定地说，"我也觉得很遗憾，米雅，我知道你有多么爱它。"

我所能做的就只有点头，因为我怕我如果开口回答，会再次大哭起来，一发不可收拾。我很惊讶我的泪腺功能至今仍然正常。

"我是最感到抱歉的。"珍娜说着，眼眶里盈满了泪水，"昨晚我在电话里对你好凶，如果你恨我，我能理解的。"

"我不恨你，"我告诉她，"你不知道发生了什么事。"

"我没有给你机会说。"她说道，用力踢了一下地面，"我不知道我到底是哪里不对劲，也许只是对即将举行的派对感到紧张。"

"派对进行得怎么样？"我问，"你答应让丽贝卡替你编发辫了？"

"这不是丽贝卡编的，是莫莉帮我编的。丽贝卡这页已经翻过去了。"

我允许自己绽放这两天以来的第一个微笑，问道："你的意思是，她把你爸爸甩了？"

珍娜摇摇头。"不，是我爸爸甩了她——至少我爸爸是这么说的。"

"少了你，派对都不太一样了。"莫莉说，"所有的男生都在询问你的消息。"

"所有的男生？"我怀疑地问。

"嗯，好啦，一个男生。他叫什么名字来着，金柏莉？"

"你历史课上的罗杰。"金柏莉回答。这时一阵风刮过，卷起了一些落叶，金柏莉连忙闪躲开。"我想他喜欢你。"

"你为什么这么说？"我问道，感觉脸颊发烫。

"就凭他念你名字的方式，听起来像米——雅。"金柏莉模仿着唱歌的声调。

其他人都大笑起来，我语气坚定地说："他才不是那样念我的名字的。"

金柏莉发着抖问："我们可不可以先回珍娜家去？我无

意冒犯，不过这个地方有点让人毛骨悚然。"

她们让我分心太久了。"我得走了。"我告诉她。转身离开的时候，我差一点滑倒。我快步走向树林，朝家的方向走去。

"等等，米雅。"珍娜追上我，说，"听着，我知道你的感受。但有时候让自己悲伤一下也无所谓。"

我走路的速度更快了。"你不知道我的感受。"我回答。

她抓住我的毛衣说："你怎么能对我说这种话？"

我直视着她的眼睛。"你并没有害死你妈妈，珍娜。"我说完，立刻跑进树林里，不理会她还在我身后盯着我。几分钟之后，我的运气用完了，我双腿突然向前一滑，屁股重重地跌坐在地上。但我几乎感觉不到身子底下的湿草地，我太空虚了。

15
芥末色的喵

当天晚上,老妈宣布我们要召开一次家庭会议。"你们没有选择权,每个人都必须参加。"她说着,把我们全都带进厨房。可光是闻到食物的味道,就让我觉得恶心。

"我和你们的爸爸都已经注意到了,"老妈开始说,"有些严重错误的观念正在这座屋子里飘浮。"

"最好有人尽快把它们抓住,因为我可能会对它们过敏。"扎克说道。贝思从桌子底下踢了他一脚。

老爸接着老妈的话继续说道:"我知道,我们很多人都会将已发生的事故怪罪在自己身上,我们必须把这些话说开来，因为这实在很痛苦。虽然每个人都会用自己的方式表达哀伤，也没有人有权利告诉别人该如何感受，但是，有些事实却不能被忽略。"他转向我，"没有人害死芒果，米雅。你知道，打从你找到它的那一天起，它就生病了。我们能跟它共度这么久的时间，已是莫大的福分。"

"可是我感觉时间并不长。"贝思轻声地说。我第一次注意到她的脸也哭肿了。

"爸，"我的声音颤抖着，"你错了。不是我找到它，是它找到我的。而且它期望我好好照顾它，可是我搞砸了。我在寒冷的星期五晚上，把它留在屋外。这全都是我的错。"

扎克在餐桌旁站起来说道："不，你们去参加聚会的时候，我到屋外去了，那天晚上是满月，而满月的时候应该要许一个愿的。芒果一定是趁我闭着眼睛的时候，溜出去了。我知道它最近不太对劲，而且——"

"至少你注意到事情不太对劲了，扎克，"我打断他的话，"而我并没有付出足够的关注。我少给它的药丸可能不止一颗，我甚至不太确定……"

"少给一两颗或十颗药丸都不会有什么不同，"老爸说，"我向你保证。几天前，我注意到芒果并没有把食物吃完。我知道当一个动物对食物失去兴趣的时候，就意味着它准备好离开了。可是，当时我真的没有把这两件事联系到一起。

我也希望芒果不要死，但我很确定的是，它的死，并不是为了要给我们任何人一个教训。我们全都已尽自己所能，试着同时让好几个球保持在空中，不落地。现在，我们应该要心怀感恩，感恩我们能给芒果如此美好的一生，也感恩它回报给我们这么多的爱。"这对老爸这种平常话很少的人来说，算是一番慷慨陈词了。

接下来的几分钟，没有人再说话。最后老妈终于宣布我们可以离开了。我走回楼上，脑子里想着老爸刚刚说的让所有的球保持在空中的那番话。可是在我内心深处，我会永远相信：是我太专注于自己，以至于把芒果那颗球掉落在地上。当我没有注意的时候，芒果那颗球弹过地板，直接从后门滚出去，最后静止在地下六十厘米处。

星期一早上，我努力地想爬起来，但我的头实在很晕，我不得不再次躺下。而且我的脸依然有些肿。我不想去上学。老妈同意我留在家里，条件是我必须三餐正常进食，并且去洗个热水澡。我答应了，因为我已经三天没有洗澡，身上都开始发臭了。而且现在食物也尝起来有点像食物，而不再是厚纸板了。我的味蕾可能逐渐恢复正常了，但我的颜色还没有回来。此刻的一切都是如此灰白而没有生气。这就是正常人一贯的感受吗？有一句老话说"小心你所祈愿的，因为你的祈愿很可能会成真"。这句话似乎蛮有道理。

  唯一让我觉得好过点的事，是观看午后的脱口秀节目。我的生活此刻也许一团糟，但是这些脱口秀节目里的某些人更悲惨。也许这就是脱口秀节目受欢迎的原因。虽然看电视能帮助我暂时不去想芒果的事，但我却又想到，通常它都是坐在我的大腿上和我一起看电视的。有一个节目在谈网络交友，这让我想起了亚当。于是我去查看我的电子邮件信箱，发现一封他在星期天晚上寄来的信。他一定是赶回波士顿之后，就立刻写信了。

亲爱的米雅：

  杰瑞告诉我们有关你的猫的事情了。我为你感到遗憾，但我认为你应该来参加聚会的。我猜你真的很喜欢猫。我对猫毛过敏，所以我不能说我也很喜欢。拥抱你的感觉真好。我希望我们还会有机会拥抱。请尽快回信给我，好吗？

真挚的亚当

我真想把他的信打印出来，好让我把它揉成一团。这算是哪门子的慰问信？先不论他是不是个共感觉者，此刻他就是个不折不扣的混蛋。我不敢相信，他竟然抱了我。要不是他抱了我，我就不会在星期五那天晚上坐在前廊，一直想这件事，那么芒果也许现在还没有死。这个想法让我的胃一阵痉挛。

吃晚餐的时候，贝思问我："你就一直穿着睡衣吗？不过至少你现在终于干净了。"然后她伸手拿了一个春卷，问："这里头没有肉，对吧？"

老妈点点头。我知道她带中餐回来，是因为中国菜是我的最爱。

"嘿，米雅，"扎克说着，小心翼翼地从他的鸡肉料理里挑出蘑菇，"今天学校里有一个金发女生问我有关你的事。她真是个大美女。虽然还不像你的数学家教那么火辣，但再过几年就差不多了。"

"扎克！"老妈大吼。

"你究竟是从什么时候开始喜欢女生的？"贝思问。我也正在想着同样的事情，对他说："你才六年级而已。"

他耸耸肩答道："要怪就怪有线电视吧！"

我放下叉子问她："那个女生问你什么？"

"她想知道，你是不是真的能看到有颜色的字之类的。所以我告诉她说，是啊，你能。"

"就这样?"

"对。她就只有话这样。"

"话这样?"我困惑地问。

"这是一种口语表达,"扎克不耐烦地解释,"就像'在胖女人唱歌之后,才能算是结束'。"

"什么胖女人?"贝思问。

扎克叹了一口气:"算了,你们两个读的书根本不对。我不该告诉她任何事情吗?"

"现在没关系了。"我甚至不太在乎那个女生是谁。既然我的颜色都消失了,每个人都不会再注意我了。这样其实也挺好的。

星期二早晨来了,爸妈拒绝听我解释为什么我还需要在家里多待一天,我被迫穿上了毛衣和牛仔裤。我想,如果我穿着带有鸭子图案的棉绒睡衣出现在学校,一定会引来很多人侧目。当我和扎克走到校车停靠站的时候,珍娜已经在那里等着了。她踮着脚尖跳来跳去,以保持温暖。当她看见我的时候,便停止跳跃,把我拉到一旁。

"把你的手伸出来。"她命令道。

我照她的话做了。她拉起我毛衣的袖子,从她的夹克口袋里摸出一把剪刀,利落地剪断了我的友谊手链。手链掉在地上,我的嘴巴一下子张得老大。

"你为什么要这样做?"我弯腰捡起断掉的手链,"你又在生我的气了?"

"我不是生你的气。"她说道,从另一个口袋里拿出一个白色的小盒子。这个盒子的大小和我那个放"月亮碎片"的盒子一样,我突然很后悔把它丢出了窗外。她打开盒子,里面躺着一条带夹扣的金手链。她把金手链系在我的手腕上,然后伸出自己的手臂,显示她正戴着一条一模一样的。

"这就是我十四岁的生日礼物,是我妈妈送的。"她的声调紧绷,"她在信里说,她觉得此刻我们该换新手链了。"

我们两人流下泪来,我知道我们都是为了许多原因而哭。

体育课的时候,我拒绝把手链拿下来。体育老师警告我说,如果手链弄坏了,可别哭着找她。仿佛我还没有哭够似的。这几天以来,我像是已经把两辈子的眼泪都流完了。我此时身心都很虚弱,根本爬不上绳子。体育老师只好让我在剩下的时间里都坐在旁边的看台上。罗杰挥手示意,要我爬到看台的最上面一排,和他坐在一起。他是因为脚踝受伤而无法爬绳子的。可是我看他却毫不费力就爬上了看台。

"你为什么没去参加珍娜的派对?"我一坐下来,他就问我,"我以为你们俩是最好的朋友。"

"我的猫死了。"我直截了当地说。听到自己说出来的话,我的双眼瞬间又因为泪水而灼痛起来。我的声音听起来像是从很远的地方传来的,仿佛是别人的声音。我记得小学三年级,我站在黑板前解数学题的那一次,也是这种感觉。

他把手放在我的手臂上,久久没有移开。"我真的很抱歉,米雅,我刚刚不知道。"

我的脑海里不停地闪过直升机的画面,以及芒果被埋入地底下的情景。我花了一分钟的时间,才让这些画面停止。当我回过神来的时候,首先感觉到的就是罗杰放在我手臂上的手。我低头看着他的手,他赶紧收了回去。

"我要说的话可能不怎么重要,"他小声地说,"但是我知道你的感受。"

我正想开口纠正他,但又突然明白了,他确实比任何人都知道我的感受。"你花了很久的时间,才接受失去你的狗这个事实吗?"我问。

他点点头。这是我们俩第一次承认,当他的狗进行安乐死的那天,两人在宠物医院见过面。"在我出生之前,奥斯卡就在我们家了。对我来说,它就像兄弟一样。我知道这听起来很傻。"

"不,一点也不傻。"我立刻否定他。

"如果把它的东西留在屋子里,就仿佛它还在隔壁房间里似的,你知道吗?而把它的东西丢掉,就好像否认它曾经存在过似的。"他说话的时候,一直用力扯着运动短裤上松脱的线头。如果他再不停止,他的短裤就要掉下来了。

我真希望老爸当时没有那么快就把芒果的食碗丢掉。现在连金丝雀崔弟玩偶也不在了。真正留下来的就只有照片,以及散落在我床上的毛。

"我想,现在我们已经准备好要把它的那些东西收起来了。"罗杰说,最后一次用力扯了一把那个线头,"米雅,想念它们,并且因为你无法救它们而觉得有罪恶感,觉得无助,这其实比较容易。奥斯卡有点像是安息在我的记忆里,而我随身带着它。你理解这个意思吗?"

我告诉他,是的,我理解。他微笑了。有那么一秒钟的时间,他让我想起了亚当。但他显然比亚当更可爱。我纳闷自己为什么以前从来没有注意到。想起我在历史团体作业里不积极的表现,我突然觉得很不好意思。我再也无法向芒果道歉了,但至少还可以向罗杰道歉。可我还来不及说出口,我们班的一个同学就跑上看台来了。

"嘿,米雅,你能告诉我,我的名字是什么颜色吗?"

"呃……"我吞吞吐吐地说,"你能再说一次你的名字吗?"

"我叫道格,"他挺起胸膛,神气地说,"听说过足球队队长道格吗?"

罗杰转转眼珠子,我努力忍住不笑出来。

我集中注意力，回想着道格这个名字里某些字母的颜色，但我没有办法看见它们整体的颜色，所以不知道整个名字究竟看起来如何。我的心沉了下去。我告诉他，这个名字是带着粉红色的紫色，因为那是字母 d 的颜色。

"但是，那很娘娘腔啊。"他显然很失望。

"抱歉，"我说道，"我没有别的意思。"

道格难过地摇摇头，转身跑下看台，一次跳两阶。

我扭过头去对罗杰说："你知道吗？我想你是学校里唯一没有问过我你的名字是什么颜色的人。"

他似乎并不惊讶："反正我的名字是什么颜色的并不重要。"

"这是什么意思？"

"我是个色盲。"他说。

一切突然都合理了，我大笑起来。

"我是色盲让你觉得很好笑吗？"

"不，不是。只是……只是，这就是为什么你两只袜子的颜色向来不一样吗？"

他也开始大笑："是啊，以前我太固执了，从不让妈妈为我挑袜子。不过后来我就接受了。现在她总是替我把同一双袜子绑在一起。"

"我们真是一对天生的好朋友！"我不禁说道，"你看不见颜色，而我却看到太多颜色！嗯，我是说以前。现在它们都不见了。"

他惊讶地瞪大了眼睛，问道："它们还会回来吗？"

我跟他说我不知道。这时，老师吹起哨子，要大家回更衣室了。罗杰和我站起来，在我们各自走向不同的方向之前，他说："你说对了一件事。"

"什么事？"

"我们是一对天生的好朋友。"他说完就立刻转身离开了，跳下看台台阶，我都来不及看到他的表情。我傻傻地看着他离开。在那片刻之间，我的心情飞扬起来，几乎感觉到快乐了。但是芒果那毛茸茸的脸马上出现在我脑海里，一想到今天我回家的时候它不会再在床上等我，我的肚子就仿佛被重击了一拳一样。

放学后，我询问学校办公室的秘书，学校里有没有人姓亨克尔。她说有汉斯利与欧亨利，没有亨克尔。现在我也不确定我为什么要寻找比利了。我到底是希望我能帮助他，还是他能帮助我？

在这一整个星期里，我都得对抗不时出现的痛苦、失落与罪恶感。星期五晚上，吃过晚餐之后，我换上了睡衣，并打算整个周末都穿着这件睡衣。珍娜邀请我去她家过夜，但我还没有准备好要玩乐。今天早上，我第一次在睁开眼睛的那一秒，没有因为芒果的死亡而感到崩溃。直到我关掉闹钟,拉下棉被,芒果已经死去的事实才向我袭来。老爸说,任何的进步都是好现象,但我还是看不见平常闹钟响起时所能看见的紫色螺旋状。我承认,我很想念那些紫色螺旋状。而且,自从芒果的葬礼以来,至今我都没有办法走进后院。

电话在七点钟的时候响了,老爸要我到起居室里去接。是杰瑞从实验室里打来的。

"你还撑得住吧?"他问。听到他的声音,感觉真好。

"我想是吧。"我告诉他。我躺进老爸的新躺椅里。这是老妈送给老爸的生日礼物。

"你是一个坚强的女孩,米雅,你会度过这一切的。"

"如果我是坚强的,那为什么我的颜色都不见了?"

他并没有立刻回答这个问题,反而问道:"那是什么时候发生的事?"

"就在芒果……就在它……死掉之后。"

"你对这件事的感受是什么?"

"空虚,"我诚实地告诉他,"一切都成了平面的。"

"那很正常。"他向我保证,我还不太习惯人家称我的行动为正常,"你的颜色会回来的,米雅,我保证。而且你会再次感受到三维空间。试着做些有创意的事情,稍微刺激一下你的大脑。你曾经跟我说喜欢画画,为什么不再试试？"

　　我答应他我会试试，虽然我最近甚至都没有办法看我的颜料一眼。挂上电话之后，我回到房间，盯着我的画架。画架上已蒙了一层薄薄的灰尘。我的内心仍在交战，一方面希望我的颜色能回来，一方面又觉得它们的消失是很恰当的惩罚。我决定把这件事交给命运。如果它们会回来，绝对不会是因为我主动做了什么事情。我拿起这个木头画架，把它的脚折起来，搬到柜子旁边。我必须先挤开一堆杂物，腾出空间。这时我看到了我为爷爷画的那幅画。自从大雨毁了它之后，我就很少想起它了。我伸手小心翼翼地把它拿出来，靠在墙壁上。

　　有一个地方不太一样了。我跪在地上注视着那幅画。我清楚地记得当我完成它的时候，爷爷的眼神有一种很遥远的感觉。但此刻他看起来似乎很满足。我很清楚，我不是把他画成这样的。看到爷爷的肩膀上那个曾经画着芒果的灰色团块，我的心脏像被刺了一刀。留意到芒果之前在这幅画上踩过而留下的脚印时，我的心跳开始加速。那些脚印消失在画布的顶端，我想象它们是直接通往天堂了。我不认为我必须去天堂里照顾芒果，我想爷爷会替我照顾它的。也许芒果就是爷爷送给我的道别礼物，而现在他们都到天堂去和奶奶团聚了。我真的很想相信事实就是这样的。

我拆掉柜子里一幅旧画作的画框，把这幅糊掉的画镶在画框里。我把它挂在墙壁中央，面对着我所有的钟，这样一来，它就会成为我每晚睡觉前看到的最后一件东西，以及起床后看到的第一件东西。

星期六早上一大早，门铃就响了。我在被窝里翻了个身，并没有起床，因为我确定那不会是找我的。但两分钟之后，老妈就走进我房间，要我起床穿衣服，因为有人来找我。

"是珍娜吗？"我问，用双肘撑起身子。

"不。信不信由你——是暑假快结束的时候我们在超市里遇到的那位女士。记得吗？当时你还跟她儿子讲过话。我想，他们的姓是亨克尔。"

我腾地掀开棉被，跑过房间，来到梳妆台旁。我昨天穿的衣服刚好还挂在椅子上，我立刻把它们套上。

"我猜你的确记得她。"老妈说着，捡起我丢在地板中央的睡衣。

"他们是怎么找到我们的？"我急得上气不接下气地问。

"她女儿跟你上同一所学校。从扎克刚才对她的赞美来看，我想前天晚餐时他所说的大美女就是她。"

我从梳妆台的抽屉里抓起一个绑马尾的发圈,匆忙地把我的头发扎在脑后。一分钟之后,我便站在了起居室里。比利从躺椅里跳起来,给了我一个大大的拥抱,而他妈妈则从沙发上注视着这一幕。她看起来有点不好意思,也许是因为上次我们在小学体育馆里见面的时候,她对我的态度很粗鲁。

"我很抱歉如此冒昧地来打扰你们,"她说,先是看了我一眼,再看了我老妈一眼,然后目光又回到我身上,"可是我们刚好在这附近……嗯,比利似乎跟你很投缘,而我想你也许能帮助我们。"

就在这个时候,大美女从厨房里走出来,扎克则紧跟在她背后。她拿着一大杯柳橙汁,扎克看起来颇得意,仿佛那果汁是他自己榨的似的。她看到我的时候,突然停下了脚步,结果扎克整个人都撞到了她身上。不过我想,他是不会介意的。

"这是我女儿艾咪。"亨克尔夫人说。

我第一个念头是我房间墙壁上那张海报上的恐怖韵律诗:A是艾咪摔下楼梯;第二个念头是,我认识她。当初学校里的同学第一次发现有关我能看见颜色的事情时,她就是在学校餐厅里对我很不客气的那个女生。她说我会被送进特殊教育班的。因为她这句话,我躲进了厕所里。

"我们见过面。"我语气僵硬地说,"但是,等一等。我查过学校里是否有人和比利同姓,但是没有人姓亨克尔啊!"

"艾咪用的仍是我前夫的姓。"亨克尔夫人解释。

艾咪转向我的时候,羞红了双颊。"我很,嗯,抱歉,呃,你知道的。"她说。

"没关系。"我小声地说,但并不是很真心。

比利用双臂环抱着我的腿,亨克尔夫人从沙发上站起身。"艾咪告诉我,对你来说,字母和数字是有颜色的。"她对我说,"我知道几个星期前,你曾经想跟我说这件事。自从比利遇见你之后,他也一直在讲这件事。"

比利高兴地点点头,我对他投以微笑。现在微笑对我来说,不再是那么陌生的事情了。

"你认为我应该怎么做?"她问道,语气很无助,"他的幼儿园老师说,因为他有这种情况,明年要把他安排进特殊教育班了。"

我不禁看了艾咪一眼,她的目光正望向别的地方。"比利没有任何毛病,"我告诉亨克尔夫人,"我见过其他有共感觉症状的人——那是这个状况的名称——他们也完全没有任何毛病。"

比利正忙着调整椅子的斜度,想让它变成躺椅。我不知道他对这场对话能明白多少,但是我想,他多多少少能意识到这对他来说是个转折点。

亨克尔夫人还是不太相信:"难道没有任何方法可以治疗这种……这种……疾病?"

我还来不及回应,扎克就走上前去。他的目光炽热,坚定地说道:"我姐姐没有疾病,她有的是一种天赋。"

当他走回艾咪身边时,我感激地注视着他。艾咪看他的眼神里也多了一分尊敬。我想,并没有很多人敢向她妈妈如此直言。

"我的名字是什么颜色,米雅?"比利开心地问,打破了此刻尴尬的沉默。

"你的名字是像木头一样的浅棕色,带着一点点天空的蓝色,"我跪在他旁边回答道,"而且有一点糊糊软软的。"

"像燕麦片一样?"他满怀希望地问。

"正像燕麦片一样。"

"不,它才不是呢!"他说着大笑起来,并且在椅子里跳来跳去,"它是明亮的粉红色,而且像我爷爷的头一样闪闪发亮!"

"呃,米雅,"老妈说,"这表示你的颜色回来了是吗?"

我噌地站起身来。我脑子里的词汇又变成彩色的了,而我甚至没注意到。我暂时告别他们,跑到楼上去检查我的那张字母海报。向日葵般的 a,闪亮绿色的 j,像知更鸟蛋般蓝色的 z……它们全都回来了。这种感觉如此熟悉，同时又是如此陌生。我想，这是因为很多事情都已经改变了。我不知道该如何面对这个崭新的自己。我走回楼下。

"谢谢你们花时间接待我们。"亨克尔夫人对老妈和我说，然后把比利的夹克交给他，"你们告诉了我很多需要好好思考的事情。艾咪马上要为学校棒球比赛担任拉拉队员，所以我们得离开了。"

扎克看起来很受挫。"可是，艾咪说她想看看我的麦当劳汉堡计数表的，只要一分钟就好。"

"我很快就回来，妈。"艾咪说。扎克美滋滋地笑了起来，仿佛无法相信自己有多么幸运。他飞快地领着艾咪跑上楼。我想，艾咪的心地可能也没有那么坏。趁着他们去楼上的这段时间，老妈为亨克尔夫人抄写了杰瑞在芝加哥大学的电话号码。比利拥抱了我一下，向我道别，我答应他会跟他保持联络。过了一会儿，艾咪回到楼下来了，对我说："你和你的朋友应该找个时间来看场球赛。球赛很有意思。"

"也许我们会的。"我说着，把她送出了门。之后我关上门，心想我可能得花一点时间才能说服珍娜去看有拉拉队助威的球赛，不过她很可能不会答应的。我很好奇罗杰是否喜欢运动。

我主动说要帮老妈弄早餐，她开心地接受了。

"我以你为荣,米雅。"老妈说着,小心翼翼地把松饼面糊倒进一个大玻璃碗里。

我把一些冷冻蓝莓丢进面糊里,问道:"为什么?"

"你为比利做的是一件好事。你给了他一个提醒与方向指引,而那是我们当初无法给你的。"她搅动着松饼面糊,速度很快,我敢保证面糊就快要从碗里飞溅出来了。

"妈,你不用觉得难过,"我告诉她,用我的手把碗稳住,"当时你和老爸并不知道发生了什么事。"

她把汤匙放在一张纸巾上说:"那并不完全是真的。"

"啊?"我一下子弄掉了正要丢进嘴里的一颗蓝莓。

老妈趁那颗蓝莓把木质流理台弄出污点之前,用手接住了它。她把它丢进水槽里,开始擦拭流理台表面,眼睛一直没有注视我。"那天你告诉我们你在学校里遇到的问题后,我整晚都睡不着,心里总觉得有件事情让我很不安。上个星期,我终于恍然大悟。"

我满怀期望地等着她继续说。

"你大概不太记得奶奶了,是不是?"她问道。她终于肯直视我的眼睛了。

我摇摇头,很好奇奶奶跟这一切有什么关系。"我只记得她常常和爷爷在起居室里跳舞,还常常用爷爷的老录音机播放录音带。"我说。

"是的,她很爱音乐。"老妈说,"上星期有一天我正在开车的时候,广播里正好播放了她很爱听的一首老歌。我突然想起,她曾经告诉我说,她之所以这么喜欢音乐,是因为她在听音乐时,能看见四周的空中有许多颜色。"

"你是说真的?"我不可置信地问。

"当时我以为她只是想象力丰富,我不知道她确实能看到颜色。然后有一天我看到你跟她一起,在起居室里跳舞。你那时候大约两岁半,你们两个玩得很愉快。我听到她问你:'这些颜色是不是很美丽啊?'你用你那小女孩的稚嫩声音回答:'是呀,奶奶,它们好美丽啊。'但是,我还是没有想到事情会是那样的,米雅。我很抱歉,我应该更认真地看待那件事的。"

"我完全不记得那件事了。"我难过地说,心想如果奶奶不是在我年纪那么小的时候就去世,事情会有多么不一样,"但老爸在长大的过程中,完全没有听她提起过任何事吗?"

老妈摇摇头说:"我一想起这件事情,就立刻去问他。他说你奶奶向来都很安静,你爷爷显然替她把话都说光了。"

我微笑着,想起从前在屋内的各个角落都可以听见爷爷低沉的嗓音。我敢打赌,如果爷爷还在的话,我的整个人生都会不一样。看着老妈把松饼面糊倒进煎锅里时,我突然想到,如果爷爷知道奶奶看得见颜色的事情(他和她结婚四十年，一定会知道），那么他一定也知道我的情况。我真不敢相信我竟然把他送我的礼物丢掉了。我让老妈继续翻煎松饼，然后套上我的靴子和大衣，冲向前门。我抬头望着我的房间窗户，站到窗户下方的位置。爷爷的"月亮碎片"应该就掉落在这附近，但是地面潮湿泥泞，我找不到。它现在一定已经被分解了，变成了草地的一部分。我终于放弃搜寻，接受这个礼物已永远遗失的事实。

"你还好吗？"当我踢掉靴子的时候，老爸问我。

"我只是觉得自己一直在做愚蠢的事情，"我告诉他，"做一些最后会让我很后悔的事情。"

他脱掉我的大衣，把它挂起来。"欢迎来到人类世界，这是人生的一部分。"他说。

"我不想要！"扎克大声说着，他穿着袜子走下楼来，滑到我们身边，"我打算克服我的人性，我要变成一个神。"

"你会变成哪门子的神？"我问。

他徒劳地想把他那乱糟糟的头发压平，然后说："我还在努力。我要让这个世界变成一个更好的地方，稍微好一点也行。"

"那听起来是个非常高尚的志愿，扎克。"老爸说。

"哦，而且我会穿一套非常酷的服装，"扎克补充道，"要有一个披肩。"

"那一定会很轰动的，"我告诉他，"至少你终于可以丢掉那些史波克的耳朵了。"

"谁？"扎克一派天真地问。

"我就说吧，现在已经没有人知道史波克是谁了。"

"看来我们家又恢复正常了。"坐下来吃早餐的时候，老爸对老妈这么说。

我的叉子滑了下来，掉在盘子上，哐当作响。"你怎么能这么说？"我大叫。每个人都停止了吃东西的动作。

"爷爷再也不在了，芒果也不在了，这怎么可能叫做正常？"

"米雅，"老爸平静地说，"改变是正常的。"

"那么我不想变成正常。"

"呃，米雅，"扎克说，"我认为你不需要担心这种事。"

我实在厌倦极了我的情绪反反复复，我不认为我擅长面对改变。

老爸满嘴都是松饼，他问："你的颜色回来了，不是吗？那一定让你很快乐。"

我点点头。"它不是，它只是……"我不知道该如何告诉他们，虽然我心怀感激，但却仍然有罪恶感，仿佛我不配拥有这么特别的天赋。

"噢，我差点忘了！"老妈说着，敲敲自己的头，"今天晚上我们要去罗斯家。"

"我有约会。"贝思宣布。

"和布伦特吗?"我问,并没有期望她会回答。

但她却出乎意料地回答了:"是的。"

老妈跟她说,她可以在那之后再去约会,贝思嘟起了嘴。

"我也不太想去那里。"我告诉她。

"我们全家都要去。"老妈语气坚定地说,"我们要再次全家人做一件事,这样会比较好。"

老爸放下他的玻璃杯说道:"但今晚是我的扑克牌之夜,我不能——"

"我们全家人都要一起去!"老妈再次坚定地强调,用了一种不容商量的语调,"这附近所有的邻居都会去参加。你们任何人再多说一句话,我们今年就不买圣诞树了。"

贝思站起来,把她的盘子放进水槽里,问道"你们知道每年有多少树被砍下来,就为了满足我们在上面装饰美丽的灯泡吗?"

老妈呻吟一声,把她的盘子推到一边,一头趴在桌子上。我理解她的感受。

六个小时之后,我们置身罗斯家的客厅里,看着他们的双胞胎儿子用木头桌子玩一种叫做"四边陀螺骰子下注"的游戏。他们一直嚷嚷着要我们一起玩,可是我们永远搞不懂游戏规则。有时候我觉得,这两个男生在游戏进行到一半的时候交换位置,只是为了耍弄我们。门铃响了,珍娜和她爸爸走进来,身后跟着一对老夫妇。这对老夫妇是最近才刚搬到罗斯家隔壁的。

珍娜和我到屋子后面去聊天。"我想念你,"她说,"我们好久没有碰面了。""我也想念你。"我真心真意地说。

"我正在筹划一项伟大的犯罪同伙任务,"她低声地说,"你知道的,等你有心情了我们再进行。"

"你能给我一点提示吗?"

"就让我们说,这会是我们有史以来最大的任务。"她试着充满诱惑地眨眼睛,但看起来却像是她眼睛里进了东西。

罗斯家总是让每个孩童都在烛台上点燃一盏烛光。轮到我的时候,我在心里为奶奶、爷爷和芒果祝祷了一番。我告诉他们,我很遗憾我们在这个地球上共处的时间如此短暂,我很想念他们。到扎克了,他抬头望着老妈,征求她的同意——他仍被禁止碰触任何与火有关的东西。老妈轻轻地点点头,扎克在没有烧毁任何东西的情形下点燃了蜡烛。这个仪式完成之后,罗斯夫人忙着确保烛蜡油没有在玻璃桌上滴得到处都是,而其他人则聚集在餐厅里享用甜点。我利用眼角余光看见扎克溜出了房间,除了我以外,没有人注意到。一分钟之后,他跑进来,挥手示意我过去。

"怎么了?"我压低声音,"你不能在人家家里到处偷看。"

他把我拖出房间,来到走廊尽头。"相信我,你一定会

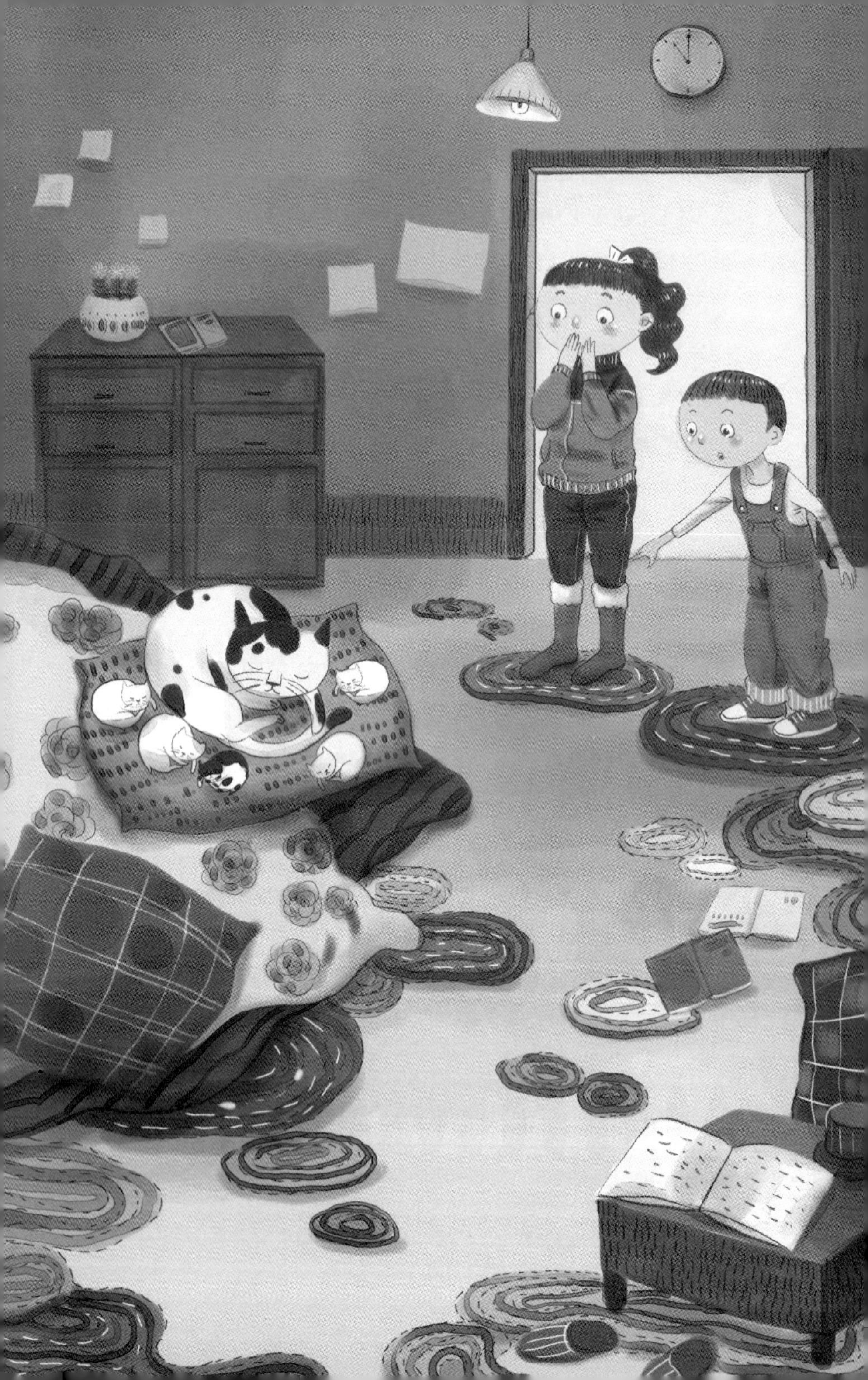

想看看这个东西的。"

"每次你说'相信我',都会让我立刻觉得很可疑。"

"你看!"他指着一个小房间。房间门口有一道低矮的木头门,阻挡我们进入。在房间的角落里,有一个大枕头,上面趴着罗斯家那只叫做"亮晶晶"的猫。在她肚子周围有五只小猫。"你看看它脚边那只小猫。"他指着体型最小的那只小猫。

我不禁把手捂在嘴巴上。

"它看起来很像芒果,对不对?"他说,"像芒果还很小的时候。"

我点点头,再也无法将目光从那个小东西身上移开。

"我猜,我们都知道谁是这些小猫的爸爸了!"扎克大笑,"那个芒果可是个向来都受到女性青睐的男性⋯⋯呃,受母猫青睐。我是说,它是受母猫青睐的公猫,或者不是,我的意思是——"

"好了,扎克,我懂你的意思了。我真希望芒果能活着看到这一幕。"

"也许它正看着呢。"扎克说,"我敢打赌,它是一只天使猫。"

"你们找到我们的小猫啦!"罗斯先生突然出现,把我们吓了一跳。但他看起来一点也没生气。"这些小猫还没有准备好离开它们的妈妈,不过再过一个月左右,我们就会开始替它们寻找收养家庭。如果你们有兴趣，就跟我们说一声。"

"我们要一只，"扎克说，他的眼睛发亮，"最小的那只。"

我转过身去面对扎克说："什么？不，我们不要。抱歉，罗斯先生，请别理他。"

"好吧，如果你们改变主意，就告诉我们。"罗斯先生说完就离开了，留下我们待在那儿。

"你刚刚为什么那样说，米雅？我要那只小猫。"

"你怎么能这么快就想要用别的猫来取代芒果了？"

"它是芒果的儿子，或者女儿。它不是普通的猫。"

"扎克，如果芒果是它的爸爸，那么它们也全部都是芒果的孩子。我们怎么能只拿一只？"

"我没有想过这回事。"他承认，"嗯，这个嘛……"他琢磨着，慢慢地走回客厅。毫无疑问，他正在想办法让老爸老妈答应将它们全部收留。但那是不可能的事情。

我往后看了一眼，然后三两下就翻过了那道矮门。亮晶晶警觉地抬头看我，在我慢慢接近的时候，它始终在注意着我的动向。我弯下身，以便把那些小猫看个清楚。那只最小的小猫的确长得很像芒果。我再次泪眼蒙眬，我必须把头往后仰几秒钟，以免泪水涌出来。我伸出手，轻轻地拍着它那小小的头。它睁开细细的眼睛，伸了个懒腰，然后发出一个令人意外的深芥末色的喵声，又躺回它妈妈温

暖的怀抱中。谁听过一只猫的名字叫做芥末？不可能。

那天晚上，就在我准备扭暗床头灯的时候，老爸来敲我的门。

"请进。"我说着，爬起来靠坐在床上。

他走进来，坐在床沿。"我想你可能会想要这个东西。"他把芒果那条小熊维尼毯子交给我。我坐直了身子，用手指搓揉着那熟悉的布料。芒果的一些毛还留在上面。我没想到还能再见到这条毯子。

"可是我以为你埋葬了芒……我的意思是，芒果被埋……我是说……噢，我甚至没办法说出那些字眼。"

"我替你留下来了，我想你可能会想把它留着。"

我感激地看着他，然后把鼻子埋进那条毯子里。"这条毯子闻起来仍然像它。"那是混合着猫粮、户外以及猫砂的气味。

"它最爱睡在这条毯子上。"老爸走出我房间的时候这么说。我把毯子抱在胸前，又闻了几次，然后再次把它放在床脚，那是它真正归属的地方。

那天晚上，我梦见和扎克一起参加乡村博览会。我们吃着涂满芥末的热狗，嘲笑着贝思，因为她被困在摩天轮的顶端。

当我醒来的时候，我发誓我还能闻到芥末的味道。不用花太多的时间，我就明白了这场梦究竟意味着什么。

图书在版编目（CIP）数据

芒果猫 /（美）马斯著；林劭贞译.
—昆明：晨光出版社，2013.1（2025.4重印）
ISBN 978-7-5414-5198-0

Ⅰ.①芒…　Ⅱ.①马…②林…　Ⅲ.①儿童文学-
长篇小说-美国-现代　Ⅳ.①I712.84

中国版本图书馆CIP数据核字（2012）第253208号

A MANGO-SHAPED SPACE by Wendy Mass
Copyright © 2003 by Wendy Mass
Simplified Chinese translation copyright © 2013 by Beijing Yutian Hanfeng Books Co., Ltd.
Published by arrangement with Curtis Brown Ltd. through Bardon-Chinese Media Agency
ALL RIGHTS RESERVED

本书中文简体版由作者温迪·马斯以及柯蒂斯·布朗公司〔美〕共同授权云南晨光出版社有限责任公司独家出版。未经出版者许可，任何单位或个人不得以任何方式复制、摘录或抄袭本书中的任何内容。

著作权合同登记号 图字：23-2012-136号

芒果猫
MANG GUO MAO

出 版 人	吉 彤
作　　者	〔美〕温迪·马斯
翻　　译	林劭贞
绘　　画	帽 炎
项目策划	禹田文化
责任编辑	李 政　常颖雯　付凤云
美术编辑	刘 璐
封面设计	萝 卜
版式设计	辰 子
出　　版	晨光出版社
地　　址	昆明市环城西路609号新闻出版大楼
邮　　编	650034
发行电话	（010）88356856　88356858
印　　刷	固安兰星球彩色印刷有限公司
经　　销	各地新华书店
版　　次	2014年7月第2版
印　　次	2025年4月第24次印刷
开　　本	145mm×210mm 32开
印　　张	9
ISBN	978-7-5414-5198-0
字　　数	151千
定　　价	26.00元

退换声明：若有印刷质量问题，请及时和销售部门（010-88356856）联系退换。